番所医はちきん先生 休診録七

無粋者の生涯

井川香四郎

幻冬舎時代小説文庫

無粋者の生涯

番所医はちきん先生
休診録
七

目次

【主要登場人物】

八田　錦……番所医。綽名は「はちきん先生」。
辻井登志郎の屋敷の離れに住む
八田徳之助……錦の亡父。元・小石川養生所の医者。辻井の無二の親友
辻井登志郎……元・北町奉行所吟味方筆頭与力
佐々木康之助…北町奉行所定町廻り筆頭同心
嵐山…………岡っ引。元勧進相撲力士
遠山景元………北町奉行。左衛門尉
井上多聞………北町奉行所年番方筆頭与力
市村菊之丞……北町奉行所年番方筆頭与力
松本璋庵………小石川養生所医師

第一話　罪のない女

一

小雨の降る寒い夜、ひとりの女が、紅葉が水面に散っている堀割に浮かんでいた。たまたま通りかかった岡っ引の嵐山《らんざん》が立ち小便をしようと思って立つと、真下にうつ伏せで流れてきたのだ。慌てて飛び込んで、近くの船着き場の石段から引き上げたが、すでに事切れていた。

丁度、定町《じょうまち》廻り同心の佐々木康之助《ささきやすのすけ》の八丁堀屋敷に出向いた帰りだった。八丁堀には〝はちきん先生〟こと、番所医・八田錦《はったにしき》の診療所がある。隠居した元吟味方与力・辻井登志郎《つじいとしろう》の組屋敷を間借りして、町医者としても近在の者たちの治療をしているのだ。主に、与力や同心の妻子の面倒を見ていた。

担ぎ込まれた変死体の様子を見て、錦にはすぐに殺しかどうかの判断がつきかねた。わずかな外傷が額や膝などにあるが、転倒したときについたものであろうと判断した。突然、心の臓や頭になんらかの異変が起こったとも思えなかった。

詳細に調べてみると、瞼や舌、手足の爪などに、激しく痙攣した痕跡があった。明らかに薬物によるものかと思われたが、その毒が何かは、胃の腑を解剖してみないと分からない。

自分で飲んだのか、誰かに飲まされたのかは、さらに詳しい調べが必要だろう。身許とともに飲んだ毒薬を特定すれば、この娘がなぜ死に至ったかが多少分かるはずだ。

「嵐山親分、すぐに佐々木さんを連れてきて下さい。臓腑分けをするので立ち会って貰わなければなりません」

「へえ、合点でえッ」

直ちに駆けつけてきた佐々木は、今日の一仕事を終えて一杯やっていたのか、酒臭い息を吐いていた。

「まったく、人のことも考えないで……嵐山、おまえも余計な死体を見つけるんじゃねえ。こんなのは誰か他の者に任せとけばいいんだ。こっちは朝から晩まで、拐《かどわ》かしの件で足が棒になるくらい歩き廻ってるんだからな」

グズグズと文句を垂れる佐々木を見上げて、錦は皮肉を込めて、

「相変わらずお忙しくて結構でございますね。でも、仏を目の前にして、よくそんなことを言えますすね。手を合わせることくらい、できないでしょうか」

と責めるように言った。

佐々木は仕方なく合掌したが、顔を何気なく見ながら、

「若い身空で、なにも死ぬことはないのにな……」

「まだ殺しとも自害とも分かりません」

「嵐山から聞いたが、毒物を飲んだ疑いがあるなら、そういうことだろう。薬を沢山飲んで入水するのはよくあることだ。とにかく、こっちは拐かしのことで……」

続けて言いかけるのを、嵐山は止めて、

「旦那。そのことはまだ……」

誰にも話してはならないと言ったが、佐々木は特に警戒する様子もなかった。

「相手は〝はちきん先生〟様だ。どうせ、年番方の井上多聞《いのうえたもん》様か誰かから耳に入っているだろうぜ、ねえ先生。だから、今し方、俺が拐かしの件と言っても、特に驚

て、
佐々木が探るような目つきになり、直ちに臓腑を検め始めた錦の背中に向かっきもしなかった」

「だろう？　先生はいつでもお見通しだからな」

「詳しくは知りませんが、何軒か大店の子供が拐かされたらしいですねえ」

錦もさりげなく返すと、佐々木は酔っ払った口調で、

「だがな、ひっく……いずれも二、三日もしないうちに、子供らは帰ってきた。おそらく身代金をすんなり払ったんだろうよ」

「そうですか……」

「何件もそんなことが続くと、拐かした奴らはさらに調子に乗って、何度も繰り返すに違いない、ひっく。だから俺たちは足の裏に肉刺《まめ》を作ってだなあ……」

傍から見ていても手際よい錦の手は、少しばかり切開して、胃の中身を取り出し、丁寧に臓器の一部を陶器に移すや素早く肌を縫合した。

「いつも鮮やかだな、先生……」

「若い娘さんなので、肌に傷を付けるのも申し訳ないですけれどね」

「本人には分からぬことだろう」

「本当に情けの欠片もない御方ですこと」

「それより毒だとしたら、斑猫《はんみょう》の粉じゃないのか」

昆虫由来の毒薬として、古来、有名なものだった。漢方薬としても知られ、成虫を乾燥させた粉末で、おできの膿み出しや利尿、性病などに使われることは、中国渡来の『本草綱目』にも記されている。

「さあ、まだ分かりません。臓腑には火傷みたいな変化がないので、虫由来ではなく、薬草などから作られたものかも……」

「トリカブトとか」

その毒性は強く、花粉さえも毒があると言われている。その名の由来は、花の形が、中国伝来の舞楽の衣装で被る〝鳥兜〟に似ているからだという。花びらのように見えるのは、紫陽花同様に萼片《がくへん》である。青紫で美しいのに、毒があるので、美しい悪女に喩えられることもあった。

特に、新芽が出たものが危ないという。その頃のものは山菜に似ているし、根も小さくて白いから、間違って食べてしまうことがある。途端、舌はもとより全身が痺れて、息ができなくなって死ぬこともある。

「さもありなん……花粉に近づいた蜂も殺すほどだっていうからな、くわばらくわばら……」

大袈裟ではなく危険な植物だった。だが、根に手を入れ、他の漢方薬と調合することで、リュウマチや神経痛、心臓の病などを良くする効果もある。しかし、やはり過度の摂取は危険極まりない。

「その昔は、矢の鏃《やじり》にそれを塗って、掠っただけでも死んだくらいだからな……しかし、もしそれだとしたら、なんでこの女は、そんな恐ろしい毒を持っていたのだろうな」

「意外と何処からでも手に入りますよ」

錦はアッサリと言って振り返ると、佐々木は背筋を震わせて、

「まさか、先生、俺を狙うつもりじゃあるまいな」

「馬鹿なことを言わないで下さいな。センブリ、トウキ、ヨモギやゲンノショウコなんか誰でも煎じますからね」

そもそも薬草というものは、草花の葉や茎、根などを細かく刻んで乾燥し、熱湯

で湯がいて上澄み液を飲むか、水に溶かすか、丸薬にして服用するくらいしかない。無数にある薬草の何をどのくらい混合させるかは、人それぞれである。薬種問屋は売買の株はあるものの、〝製薬〟を独占しているわけではない。ゆえに、怪しい薬も当たり前のように出廻っていた。

「佐々木さんも罰当たりなことばかり言ってないで、仏さんを検分して下さいな。着物や持ち物などから身許が分かるでしょうに」

錦が命じるように言うと、佐々木は不愉快な面構えになって、

「一々、小姑のように言わなくても、万事承知之介だよ、まったく……おい、嵐山。おまえもしっかり見やがれ」

「俺に八つ当たりしないで下さいよ」

文句を垂れながらも、嵐山の方が丁寧に調べていた。

状況が変わったのは、この検屍の夜から、二日目のことだった。まだハッキリしたことは言えないが、

——近頃、頻発していた一連の拐かしに関わっていたのではないか。

という疑いが生じたのである。

女は小春《こはる》といい、勤めていた茶店が判明したのだが、そこに足繁く通っていた文《ぶん》六《ろく》という男がいた。その男が、一連の拐かしの身代金を取りにきたところを、駕籠《かご》舁《か》きや川船船頭、出商いの者たちなど、何人もの者が見ており、顔を覚えていたからである。

だが、文六の居所はまったく不明で、関わりがあるとおぼしき小春が死体で上がったということにより、さらに謎が深まったとも言える。つまり、小春は拐かし一味の仲間で、口封じか何かで毒殺されたのではないかと、佐々木が言い出したのだ。

嵐山もその線で探索をし続けたが、錦にはどこか違和感があった。

金の分け前で仲間割れをすることはあるだろうが、殺す必要がどれほどあるかということだ。死体が上がれば却って、馬脚を現すことになりかねない。しかも、そういう衝動的な殺しならば、毒殺という手段をわざわざ選ぶであろうか。

そんな矢先——。

日本橋の薬種問屋『山城屋《やましろや》』のひとり息子・惣助《そうすけ》が何者かに拐かされるという事件が起こった。まだ五歳の幼い子である。

いや、拐かしかどうかはまだ不明だ。いなくなったというだけで、身代金の要求などはまだ届いていないからだ。ところが、嵐山の調べで、死んだ小春という女はかつて、この店に下働き女として奉公していたことが分かった。

「ほら、繋がったじゃないか」

佐々木は自分の目に間違いはないとばかりに、拐かし一味を捕縛すべく、岡っ引や下っ引を『山城屋』周辺に張り込ませていた。

二

錦が『山城屋』の暖簾を潜ったのは、惣助が姿を消して二日目のことだった。

跡継ぎの惣助が拐かされたかもしれないことは、世間には話していない。佐々木たちも目立つような動きはしていなかった。でないと、お上が動いていると勘繰って、拐かし一味が子供を殺すかもしれないからだ。

いつもと変わらぬ様子で、番頭や手代たちも客を相手に忙しそうにしている。店内を物色するように見廻す錦に、番頭の幸兵衛《こうべえ》が気付いて手揉みで近づいてくる。まだ三十絡みで若いが、いかにも遣り手という風貌だった。

「ご新造様。ご用件を賜りますが」

番頭には武家の奥方にでも見えたのだろうか。錦がキリッとした目を向けると、揉み手をしていた幸兵衛は背筋を伸ばして、

――もしや……。

という顔つきになって、

「惣助様は何処においでです」

呟くような声で、錦に訊いた。当然、誤解をしていると錦は気付いたが、あえて拐かしの件については触れず、

「ご主人様はおいでですか」

と尋ね返した。

「は、はい……おりますが……」

一瞬にして緊張が走った幸兵衛は、奥へ向かおうとしたが、錦は止めた。

「店ではなんですので、じっくりと奥でお話ししたいことがございます」

落ち着いた錦の態度に、幸兵衛は小刻みに頷くと、手代頭に店を任せて、錦を奥座敷に案内した。

そこには、主人の孫左衛門《まござえもん》と妻の雪枝《ゆきえ》がいた。

孫左衛門も大店の主人としては意外と若く、まだ四十そこそこであろうか。雪枝はまだ三十前の若さである。

ふたりとも憔悴した様子で、奉公人が淹れたであろう茶も飲んでいなかった。我が子がいなくなったのであるから、心痛は如何ばかりかと錦は察したが、やはりそれには触れずに、

「お尋ねしたいことがあります」

「あなたさまは……」

孫左衛門が訊こうとすると、幸兵衛が何やら耳元で小声で囁いた。途端、孫左衛門の表情も強ばって、

「な、なんでございましょうかな……」

と錦を訝しげに見やった。

「――数日前のことですが、ある若い女……まだ娘といってもいいでしょう……が死にました。堀割で水死体として見つかりましたが、おそらく毒薬を飲んでの自害です」

「……?」

「小春という娘です。年の頃は、十八、九。以前、この店で雇われていたことがあるらしいのですが、覚えがありますか」

「あなたさまは……」

「いたのですか、いなかったのですか」

錦が意味深長な訊き方をしたせいなのか、孫左衛門は不安げに、

「いや、覚えてないですな……」

「十五の頃ですから、もう三、四年前のことです。一年程いたらしいですが」

「そんな前のことなんぞ……それに今、下働きの女中は三人しか置いていませんが、その頃は、越中富山の薬売りと組んで、幾つか店を出してましたから、女中も多かった。すべてと顔を合わせるわけでもなく、一々、覚えていませんよ」

「越中富山の薬を……?」

「はるばる富山から持ってくる薬売りなんか、今時いませんよ。手ぶらで来て、江戸の薬種問屋で調達するんです」

「そうでしたか。それは知りませんでした」

錦はわずかに疑り深い目になって、

「小春さんはこの店にいた頃に、毒を手に入れていたことも考えられますのでね。何のためにかは分かりませんが」

と言うと、孫左衛門は俄に不快げに腰を浮かせて、

「これこれ。言うに事欠いてなんという……それに、小春とやらがうちにいたのは、何年も前のことでしょう。その女が死んだとして、うちと何の関わりがあるのでしょうか」

「おそらく薬はトリカブトの粉末。それを沢山、飲んだようです」

「ええッ……」

「小春さんが手に入れるとしたら、ここしかないのかなと思いましてね」

「――な、何が言いたいのです」

孫左衛門は疚《やま》しいことなど、何ひとつないと強い口調で付け足した。錦はそうでしょうと頷いて、じっと見据えた。

「もちろん分かっております。ですが、小春という女のことは、本当は覚えてますでしょ。違いますか」

「分かりませんな」

「小春は、あなたがある女に産ませた子ですよね」

「えっ……」

孫左衛門は狼狽したように、隣にいる女房の顔を見た。だが、雪枝の方は特に困惑した様子もなく冷ややかに、

「さもありなんです。おまえさんの女遊びは昔からだと店の者は話してましたし……ですよね、番頭さん」

水を向けられた幸兵衛は、自分は店の方を見なければならないと立ち去った。孫左衛門はバツが悪そうに俯いていたが、

「――まあ、おっしゃるとおり、若気の至りという奴でして、前の女房がまだここにいた頃に、小春が訪ねてきたものですから……」

「それで、前の奥方が出ていったんでしょう。ひとり息子の惣助ちゃんを残して」

雪枝が付け足すと、後妻のくせに余計なことを言うなと孫左衛門は手で払う仕草をした。

複雑な事情がありそうだと錦は踏んで、小春がどのような娘だったかと尋ねた。

だが、雪枝は嫁に来る前だから、まったく知らないという。孫左衛門の方はやはり何か胸に痞《つか》えたものがあるのか、

「小春は……本当に死んだのかね」

「はい。若気の至りだとしても、あなたの娘さんであることは、間違いないのでしょ」

「いや、それが……」

孫左衛門はもっと複雑な事情がありげに、

「たしかに私が若い頃に間違いを犯した女の娘のようだったけれど、本当にそうかどうかは分かりませんでした」

懐疑的に思ったのは、小春が母親のことをよく知らなかったからだ。顔だちとか性格の話になると実に曖昧だった。だから、孫左衛門は本当に自分の娘とも思えなくなったというのだ。

「何処かで私の昔の話を聞いて、娘だと名乗って身を寄せただけかと……たしかに真面目に働いてはいたけれど、貧乏暮らしが長くてここへ来てから贅沢を覚えたのか、次第に金遣いが荒くなりましてね。付き合う男もなんだか柄の良くない連中な

ので、説教をしたら……まるで、蓮っ葉な女のように居直って……」

「……」

「だから、大喧嘩をした挙げ句、店から追い出したんです。番頭の幸兵衛はその事情をよく知っているが……雪枝、おまえとは何の関わりもない話だ」

気遣ったように孫左衛門は言ったが、雪枝は短い溜息をつくだけだった。このふたりも上手くいっている夫婦には見えなかった。

錦はふたりの顔を見比べながら、

「あなたの本当の娘ではないかもしれませんね。それでも……あなたがこの店から追い出したことで、小春さんは不幸のどん底に陥ったのかもしれませんよ」

「そんなことは知ったことじゃない。元々、どこの誰かも分からぬ小娘だ」

「そう思いますか……？」

「ああ。金が狙いだったんだろうよ。まこと私の娘なら、あんな態度は取らない」

忌々しげに唇を歪めた孫左衛門は、自分は悪くないと言い、小春という娘に同情もしないと断言した。

「今更、なんで私が責められなければならないのです」

「もし本当の娘だったとしてもですか」

「関わりありませんな。母親の名前すら、もう朧《おぼろ》ですわぃッ」

吐き出すように言って、孫左衛門は改めて錦を見据え、

「それより、あんたは一体、誰なんだ。なぜ、そんなことを訊きに来たのです。綺麗な顔をして何か企んでいるのですかな。私の弱みでも握って、金をふんだくる気ですか」

と声を強めたとき、番頭が舞い戻ってきて、

「あの旦那様……北町奉行所の佐々木様が見えましたが……」

声をかけると、すぐに後ろからズカズカと佐々木が踏み込んできた。錦の姿を見るなり、驚いた様子で、

「おや。錦先生、なんでこんな所に？」

と顔を覗き込んだ。

「亡くなった小春さんのことで、訊きたいことがありまして」

「小春……ああ、たしかこの『山城屋』に奉公していたときもあったようだが、何か曰くでもあるのか？」

訝しむ佐々木に、孫左衛門も不思議そうに首を傾げながら、

「佐々木様がご存じの人でしたか」

「北町の〝番所医〟だよ」

「ば、番所医……?」

「与力や同心の〝堅固《けんご》〟(健康)を診たり、時には事件絡みや変死体の検屍なども
な……あ、もしかして、錦先生……おまえさんが腰を上げたってことは、何か掴ん
だな。なあ、俺にもちょいと聞かせてくれぬか」

佐々木が擦り寄るように言うと、錦はサッと立ち上がり、

「拐かしの一件ですね。何か進展がありましたか」

「それがな……これよ」

懐から一枚の紙切れを出した佐々木は、孫左衛門よりも先に、錦に見せた。くし
ゃくしゃになっていたものを広げたようだった。

「相手はもう町方が動いているのを承知しているようだ。南茅場町の大番屋に、投
げ込まれていた……」

「これは……」

「見てのとおり脅し文だ。『山城屋』の惣助を預かった。命が大事ならば、明後日の暮れ六つ、千両を薬師堂の賽銭箱の裏に置いておけ……と書かれている」

「えっ、ええ……！」

飛び上がって驚いたのは孫左衛門の方だが、佐々木は落ち着けと制して、

「脅し文を、探索している俺たちに投げつけてくるとは、舐めてやがる。しかも、薬師堂といや、八丁堀組屋敷とは目と鼻の先……こりゃお上に対する挑戦状だと受け取った」

「さ、佐々木様……惣助はどうなるので……」

「脅し文が来たということは、まだ大丈夫だ。きっと俺たちが助けてみせる」

佐々木はいつになく気概を見せたが、錦はやはり拐かし事件も、小春の死についても釈然としないものが多いと感じていた。

三

錦が立ち去った後、不安げな様子の番頭や手代らも集めて、佐々木は脅し文を見

せた。

「拐かした子の親ではなく、お上に投げつけてくるとは。かような事態は初めてだ。だが裏を返せば、事情を知っている奴の仕業だと考えるのが順当だ」

佐々木は疑いの目で一同を見廻すと、手代たちはそれぞれ伏し目がちになった。まるで、拐かしに関わっているのではないかと言わんばかりの佐々木の顔つきが怖かったからに過ぎない。が、どこか不自然な雰囲気も漂っていた。

「言うまでもないが、戻ってこないのは主人、孫左衛門の息子、惣助だ。まだ五歳ゆえな、迷子になった、何処ぞの溝にでも落ちたかなど事故も考えられていたが……」

もう一度、佐々木は店の者たちを睨《にら》みつけながら、

「近頃、何軒もの大店から子供が拐かされている事件が続いておるので、こっちとしても疑っていたが、現実になった」

「——でも、どうして私にではなくて、大番屋に……」

不安げに孫左衛門が訊くと、佐々木は首を傾げながら、

「さあな。いつまで経っても、拐かし一味を挙げられないから、奉行所を舐めてか

かってきたんじゃないかな」

と、さらに脅し文を突き出した。

「そんな……」

「一味と言っているが、何人かいるとは限らない。ひとりの仕業かもしれないし、ふたりかもしれない。拐かしは人殺し同様、死罪ゆえな、あえて〝下手人《げしゅにん》〟と呼ぶが、意外と身近にいるものなんだ」

明らかに佐々木は店の奉公人やそれに連なる者たちがやらかした犯行だと睨んでいる。なぜならば、大店の内情に詳しく、手際が良すぎるからだ。

「だから、おまえたちにも手を貸して貰うぞ。まずは、この脅し文と同じ文言を書いて貰おうか。筆跡改めだ」

「まさか、私どもの店の者がそんなことは……」

「内輪の者がやったかもしれぬ。拐かしのあった店では、すべてやっていることだ。誰が書いたか調べるためにな。疚しくなかったら素直に応じな」

店の者たちは黙って聞いているが、佐々木は念を入れるように、

「言っておくが、わざと文字を誤魔化してもバレるからな。必ず癖は表れるんだ。

だから、素直に書いた方がいい。でないと余計に疑われることになるぞ」

佐々木は手代たちにすぐに取りかかるように命じ、孫左衛門と幸兵衛、雪枝の三人を残した。

「さてと……」

ドッカと座り込んだ佐々木は、ふてぶてしい顔になって、

「千両だが、すぐに用立てられるか。『山城屋』ほどの大店なら、大判小判は蔵に腐るほどあるであろう」

「ご冗談を……薬屋というものは、さほど利鞘はありませんし、今はまだ取り立ての時節ではありませんから……」

「だが、千両ぐらいはあるだろ」

「ええ、まあ……」

「ならば、素直にこの脅し文に従うのが賢明であろう」

「しかし……」

「自分の子の命が懸かっているのだ。ためらうことはあるまい」

佐々木が無理強いするように言うと、孫左衛門は警戒した顔になって、

「まさか……佐々木様が関わっているなんてことはありませんよね」

「なんだと」

「いいえ、冗談です。時々、御用金だと無心に来られるので、もしかしてと……」

「こういうときのための〝用心棒代〟みたいなものではないか。けちくさいことを言うな。下手人は必ず捕まえる。千両はその囮みたいなものだ。分かるな？」

自信ありげな佐々木だが、孫左衛門はあまり頼りにはしていなかった。

「何か手がかりでもありましたか……」

「よく考えてみろ、孫左衛門。ここ数件も続いた拐かしは、その翌日か翌々日には無事に子供が帰ってきている。つまり、あっさりと身代金を払って解決したということだ」

「では素直に金を払えと……」

「払いたくないとでも言いたげだな」

「まさか。惣助の命が一番でございますから……本当に帰ってくるのでしょうね。万が一、しくじったら……」

「余程、俺のことが信じられないようだな。ならばよい。町方は手を引く。そもそも、相手に金を払えば解決するのだから、それでよいだろう。だが野放しにすると、また同じような目に遭う子供が出てくるがな」

「それこそ、私のせいではありません……」

「自分のせいではない」

「はい。私はまっとうな商人です。人に恨まれる覚えなんぞありませぬ。あるとすれば逆恨みだ。先程の番所医の方の話でも、女が死んだのがまるで私のせいのように……」

「小春のことだな。錦先生は、おまえのせいだと言ったのか」

「そうはっきりとは……旦那も、小春が私の店にいたってことだけで、無理矢理、関わりを作ろうとしてるんじゃありませんか。本当に迷惑な話です」

忌々しげに言う孫左衛門を、佐々木は射るように見て、

「子供が拐かされた大店ってのはな……」

と屋号を並べた。

材木問屋『越前屋』、油問屋『肥後屋』、札差『大黒屋』、米問屋『丹波屋』、そして太物問屋『日向屋』である。

「いずれも神田、日本橋、京橋にある誰もが知っている大店だ。ここ『山城屋』も負けぬくらいの薬種問屋だ。おまえたち主人同士の繋がりはあるのかい」

佐々木が意味ありげに訊くと、

「どういう意味でしょうか……同じ日本橋の『日向屋』さん以外は特に深い繋がりもございませんが。もちろん主人の名前くらいは存じておりますがね」

と孫左衛門は面倒臭そうに答えた。

「そうかい。面識がないのかい」

「ないことはありませんが……特に親しいとか商売上付き合いがあるわけでは……」

「ないんだな」

唸るように佐々木は訊き返したが、溜息をついて、

「これは俺の考えだがな、拐かされた店の主人たちは裏で繋がっていて何やら悪いことをしている。だから、拐かし一味はそのネタを摑んで脅しをかけたんじゃねえかとな」

「私には疚しいことなんぞありません。他の方々がそうかどうかも、うちとは関わ

りないので、どうでもいいことです」

「だがな、親の因果が子に報いってこともある。本当は何かあるんじゃないのか？」

「バカバカしい……他の人たちにも同じことを訊いたのですか」

「ああ。誰もみな、身に覚えはないと。ましてや人様に恨まれることなど、一切していないと、口を揃えるように言った」

佐々木はあくまでも、拐かしをされた親に何か弱みがあるのではないかと勘繰った。孫左衛門は大きく首を横に振り、

「的外れな見方です。私は本当に人に後ろ指さされるようなことは何もありません」

と強い口調で言った。

「そうかい……なら、どうして、拐かされたのかな。まあいい。とにかく、明後日までに千両、用意しておくんだな。これ以上、拐かし一味に好き勝手させたくないからな」

佐々木は立ち去ろうとして、つと立ち止まって振り返った。

「あ、そうだ。文六という男に覚えはないか」

「文六……はて……」

「小春が勤めていた茶店によく立ち寄っていたらしいのだ。どうやら惚れていたらしいのだが、何をしている奴か未だに分からない。どうせ遊び人だろうが、知ってるか」

「いいえ、まったく……」

孫左衛門は本当に知らないようだった。佐々木はその反応で察したが、

「こいつが拐かしに関わっている節がある。なんでもいいから、気付いたことがあれば、俺に報せるんだ。分かったな」

と言って立ち去ると、雪枝が近づいてきて、不安げに、

「おまえさん。本当に千両も渡すつもりじゃないでしょうねえ」

「えっ……」

「なんだかんだと言っても、店は火の車じゃないのさ。千両も取られたら……」

「馬鹿を言うな。惣助の命がかかってるんだ」

「血の繋がっていない子が帰ってきたところで、お金がなきゃ困るでしょうに」

吐き捨てるように雪枝が言うと、孫左衛門は驚いた目で、

「おまえ、どうして、そのことを……」

「前のお内儀が産んだ子ってのは嘘。子供ができなかったから、どこぞの村の口減らしの子を貰って育てた。跡継ぎ欲しさにね」

「まさか、幸兵衛が話したのか……」

幸兵衛は気まずそうに俯いたが、

「ええ。そうですよね、番頭さん。今は私が女房ですから……それに跡継ぎなら、ここにいますんでね」

雪枝は自分のお腹をさすりながら、薄ら笑みを浮かべた。

「本当か、それは……！」

孫左衛門はさらに吃驚《びっくり》して、喜びと不安が入り交じった目になって、まじまじと雪枝の顔を見つめ返すのだった。

四

錦が再び、『山城屋』を訪れたのは、その翌日の昼下がりだった。

相変わらず、店の中は何事もないように、手代たちが客と接しており、孫左衛門も幸兵衛も商人らしく応対していた。

「――また、あなたですか……」

孫左衛門は迷惑そうな顔になったものの、北町奉行所に出入りしている医者だと分かっているので、無下には追い返せなかった。仕方なく奥座敷に招いて、

「今度は如何なる御用でございましょうか」

と丁寧な口調で訊いた。

「ご存じかとは思いますが、我が子の拐かしのことで取り込んでいるのですがね」

「かようなときに申し訳ありませんが、死んだ小春さんも、もしかしたら拐かしに関わっているのではないか……と佐々木様はお考えになっているようなので、お尋ねしたいのです」

「どう関わっていると？　まさか私への恨みとか面当《つら》てとかですかな」

「私には分かりません。ただ、探索の一助になるように願ってはおりますが、佐々木様は意外と早とちりする人ですから」

錦の話しっぷりに、孫左衛門は「佐々木は当てにならない」とでも感じたのか、

「あなたは何か知っているのですか。知っているのなら……」

「いいえ。私はただ事実を知りたいだけです。今日は、奥様にお尋ねしたいことが」

「雪枝に……はて、女房は店のことすら知らないがね」

孫左衛門は拒むような態度になったが、何処かで聞き耳でも立てていたのか、雪枝が座敷に入ってきて、

「なんでしょうか。小春という人は、私が後添えに来る前に暇を出されたらしいので、何も存じ上げませんが」

と見下すような口調で言った。

「お内儀は、『松島屋』という呉服問屋をご存じでしょうか」

「ええ……同じ日本橋ですから、色々と仕立物を頼んでおりますが」

「そこに伊勢吉《いせきち》という手代がおりまして、お内儀に粗相をしたことがありますよね。もう一年近く前のことですが」

「はあ？　粗相って何ですか……」

伊勢吉という名すら覚えていないと、雪枝は答えた。

「でしょうね。伊勢吉さんはまだ若くて、店の者にも〝おい〟とか〝こら〟としか呼ばれてなかったそうですから」

「――なんなんですか……」

迷惑そうな顔になる雪枝に、錦は小さく頷いて、

「覚えていらっしゃらないでしょうから、私から少しお話ししますね」

と膝を整えて座り直した。

雪枝は不機嫌な顔で立ったまま見下ろしている。

「一年程前、丁度、今頃のように落ち葉が舞う時節に、お内儀は頼んでいた着物を見るために『松島屋』を訪ねました。まだ出来上がっていないけれど、出かけたついでに」

「……」

「そこで番頭さんら店の人が総出で、お内儀に応対して、着物を見せていました。お得意先の『山城屋』のお内儀ですから、それは下にも置かぬ持て成しようだったと思います。ですが……茶を運んできた下働きの娘が、『山城屋』の奥方だと知って、なぜか吃驚して、茶を零しそうになった」

錦はその仕草をしてから、雪枝を見上げ、

「だから咄嗟に、その場にいた伊勢吉さんが、わざと下働きの娘を他の手代の方に押しやったのです。仕立て上げ間近の新しい着物に掛からぬようにと」

「……」

「ですが、娘はもろに茶をあなたの膝の上に落としてしまった」

雪枝の表情が一瞬にして強ばった。その顔を見ながら、錦は続けた。

「あなたはカッとなって怒りました。当たり前だと思います。熱かったかもしれないし、お召物を濡らしてしまったのですから」

「……」

「呉服問屋の主人や番頭も平謝りしましたが、あなたはまるで因縁でもつけるかのように、『もうその着物はいらない！』と言いだしました。それどころか、突き飛ばした伊勢吉さんを罵り、『こんなのろまな手代、店を辞めさせろ！　でないと二度と買わない上に、町中で言いふらしてやる……』と癇癪を起こしてしまった」

錦は淡々と雪枝を見上げて、

「その場は主人が取りなしたけれど、別の日に店に来たあなたは、まだいる伊勢吉さんを見て、近くにあった水桶から柄杓で水をぶっかけて、『まだ辞めさせてないのですか。こんな手代がいては、おたくの暖簾が傷つくだけですよ』とまた非難した」

「……」

「その数日後、伊勢吉さんは自分から店を辞めて出ていきました。迷惑はかけられないとね……そして、その後を追うように、下働きの娘も出ていきました……それが小春さんだったのです」

「えっ……⁉」

雪枝は目を丸くして驚いたが、錦は相変わらず物静かに落ち着いた声で、

「知らないのも無理はありません。あなたが山城屋に来る前の奉公人ですから……どうやら、小春さんとしても、自分を庇うために店を辞めることになった伊勢吉さんに申し訳ない気持ちがあったようです。ええ、そういう書き置きがあったんですよ」

「──だから、なんですか」

腹立たしげに雪枝は錦の前に立ちはだかり、

「私のせいで、ふたりが辞めたとでも？」

「そうです」

「なんてことをッ……そんなこと知ったことじゃありませんよ。『松島屋』の主人が判断したことじゃありませんか。店の評判を考えれば当たり前のことだと思いますがね」

憤然と言い負かそうとする雪枝に、孫左衛門の方が「よさないか」と声をかけた。

「ご主人はもしかして、小春さんが『松島屋』に奉公していたのをご存じでしたか」

錦が訊くと、孫左衛門は知らないと首を振って、

「まったく……私の着物はいつも先方から持ってきますからね。それに……」

「それに……？」

「小春のことなどすっかり忘れてましたよ」

孫左衛門も眉間に皺を寄せたが、錦は少しばかり声の調子を上げて、

「店を出ていった伊勢吉さんと小春さんのふたりは……惚れ合っていたのか、ひときの思いなのか……心中を試みたんですよ」

「えっ……ええ！」

意外な話に孫左衛門は驚いたが、雪枝は鼻白んだ顔をしているだけだった。

「ふたりして江戸から上州に向かっている途中のことだったとか」

「試みたって、助かったのかね」

「ええ、小春さんの方は……でも、心中は御法度ですから、お上によって裁かれるところですが、まだ若い身空なので、遠山《とおやま》のお奉行様が後ろから手を廻して、生きる道を選ばせてあげたそうですよ」

安堵したように孫左衛門は両肩を落としたが、雪枝の方はまだ信じられないという表情で錦を睨みつけて、

「――それは本当の話なんですか？」

「ええ。心中の一件については、奉行所に書留が残っておりますから」

「事実だとして、それがなんだっていうんですか。この前、主人にも非があるような話をしていましたが、私のせいで伊勢吉と小春が心中をしたとでも言いたいのですか」

「そうです」

当然のように頷いた錦を、雪枝は憤りの目でさらに睨みつけた。すぐカッとなる性分なのであろう。この手の人間には正論は通じないし、感情で訴えても逆上するものだ。だが、あえて錦は相手が激怒するように、

「あなたが殺したも同然なんです。此度の小春さんも後追い心中かもしれません」

と付け加えた。

「なんということを！　どんな偉い御方か知りませんが、侮辱するのは許せませんよ！　私が悪いのですか！　そんなことくらいで死ぬ人間なら、他にも色々あったんでしょう！　それで思い余って死んだのです！」

錦は冷静に聞いていて、穏やかな声で言い返した。

「でも考えてみて下さい。その場で、お茶ぐらいのこと気にしなさんなと、やり過ごしていれば、ふたりが思い詰めるような事態は起こらなかったかもしれない」

「知りませんよ、そんなこと！」

「たしかに、あなたに罪はありません。この『山城屋』で世話になっていた娘だということも知らなかったのでしょう。けれど、少なくとも小春さんの人生に、あなたは関わっていたのですよ」

「それならば、あなたが今していることだって、私を追い詰めてますわね。思い詰めて明日にでも死んだら、あなたのせいですよ」

「かもしれません。でも、あなたはそんなことはしません。何事も人のせいにする人間は、自害なんかしないです」

いかにも挑発するような錦の言い草に、雪枝はさらに興奮した。すると、孫左衛門が間に入って必死に、錦に向かって訴えた。

「よしてくれ……あまり気を昂ぶらせないで下さい……やや子がいるのだ。家内のお腹には、小さな命が……」

「赤子が……そうでしたか」

錦は意外そうな顔になったが、素直に頭を下げて、

「申し訳ないことをしました。心安らかにするべきところ、とんだ失礼を致しました」

「何を今更……」

雪枝は顔を真っ赤にして、もう帰ってくれという態度で、錦を睨みつけた。

「見たところ、まだ三月足らずでしょうかね……お大事になさって下さい。かよう

なときに大変、無礼なことを致しました」

立ち上がった錦は深々と一礼して、廊下に出たが、

「ひとつだけ失礼を承知で伺いますが、ご主人のお子さんですよね」

と訊いた。

錦らしくない棘のある問いかけだったが、雪枝からすれば、もう酷い目に遭っているると思っているからか、

「あなたは医者のくせに、随分と穿った見方をしますわね。なんて酷い人なんでしょう……とっとと帰って下さい！」

さらに大声を上げたので、孫左衛門はすぐに制して、錦を店の外まで見送った。

「——もうこれ以上は……」

勘弁してくれという顔で軽く頭を下げた孫左衛門だが、錦が歩き始めると慌てたように後を追いかけてきて、

「どうして、そう思ったのですか」

「えっ……？」

「女房のやや子のことです。何か心当たりでもあるのですか」

「……」

「実はというほどではありませんが、私も少しばかり疑ってましてね……ええ、前の女房ともずっとできなかったものですから」

と縋《すが》るように孫左衛門は訊いた。

「それに……あなたはなぜだが、小春のことだけではなく、うちのことを何でも知っている気がして……一体、どうしてですか。もしかして、拐かしのことも本当は何かご存じなんでは……」

錦が何も答えず、曖昧に頷いたとき、「旦那様。お客様ですよ、旦那様」と店の表から、幸兵衛が大きな声をかけた。

その姿に視線を移しながら、錦は潤んだような目を細めて、

「――番頭さんにもお尋ねしたいことがあるので、それはまた改めて……佐々木様たちもぬかりはないと思いますが、拐かしの事件が解決することを祈っております」

と表通りを立ち去った。美しい後ろ姿を、孫左衛門は溜息で見送っていた。

五

真っ赤な夕陽が薬師堂を照らしていたが、やがて人気がなくなると、急に一帯は暗くなった。薬師堂を囲んでいる鬱蒼とした木立のせいかもしれない。

境内の物陰には、嵐山が大きな体を縮こませて座り込んで辺りを窺っている。他にも下っ引が駕籠昇きや棒手振りに扮して、さりげなく通りかかったりしている。少し離れた所にある小さな茶店では、佐々木が浪人姿で団子を食べていた。

半刻程前に孫左衛門自身が運んだ千両箱が、薬師堂の賽銭箱の裏に置いてある。もちろん被せ物をしており、参拝者は誰も気付いていなかった。もしかしたら、その中に拐かし一味のひとりがいるかもしれない。嵐山たちは様子を見ていたが、それらしき者の姿はない。

脅し文に書かれていた暮れ六つを過ぎても、金を奪いにくる者はいなかった。

さらに半刻が過ぎた。痺れを切らした嵐山が、のっそりと立ち上がり、茶店の佐々木に近づいて声をかけた。

「どうやら諦めたようですね。もしかして、あっしらに気付いてたんでしょうか」

「かもしれぬな……」

佐々木が茶を飲み干したとき、暗い境内に黒い人影が走るのが見えた。明らかに賽銭箱の方に向かっている。

「あっ――！」

思わず声を上げて佐々木が立ち上がると、振り返った嵐山も黒い影を認めた。

「奴だッ」

考えるよりも先に、嵐山が薬師堂に向かって走ると、佐々木もすぐに腰の刀を押さえながら、追いかけた。そのふたりの気配を感じた人影は一瞬、千両箱の近くで立ち止まったが、他にも暗がりに下っ引らが潜んでいるのを感じたのか、

「くそうッ――！」

と吐き捨てて薬師堂の裏手に廻った。

嵐山は追いかけながら、

「てめえ、文六だな！　待ちやがれえ！」

と巨体を前のめりにして叫んだ。

相手はあっという間に姿を消したが、嵐山の足も意外に速く、裏手の木陰に逃げ込む男の背中が再び見えた。必死に塀に飛びかかって乗り越えようとしているのを見て、嵐山は思わず十手を投げつけた。

矢のように飛んで、男の後頭部に命中したが、必死に上体を塀の向こう側に乗り越えさせ、そのまま落下した音がした。

「やろう……！」

嵐山はさらに奥から裏手に向かい、他の下っ引たちも、木に登って塀から外に飛び降りて追いかけようとすると――すぐ近くの堀割近く、辻灯籠もない暗い所で、逃げた男が倒れ込んでいた。

下っ引たちが近づいて取り押さえたとき、嵐山も駆けつけて来た。

「やろう！　手間アかけさせやがって！」

引っ張り上げたが、頬被りをした男はダランと脱力したままである。嵐山は頬を二、三発叩きながら、

「寝たふりしやがって……観念しやがれ！」

と、さらに抱え上げようとすると、生ぬるいものが嵐山の腕に流れてきた。

「⁉――な、なんだ……！」

頰被りを剝ぎ取ると、二十歳くらいの若い男で、耳の下辺りから血が流れ出ていた。首に刃物で切られた傷があり、すでに事切れていた。

そこに後から来た佐々木も、啞然と見下ろしていた。

すぐに、近くの自身番に担ぎ込まれた若い男は、知らせを受けて駆けつけた錦が検分するまでもなく、明らかに首を切られたことによる失血死であった。

「おまえが投げた十手のせいではなさそうだな」

佐々木は安堵したように言ったが、嵐山にしてみれば、追い詰めたはずの拐かし一味に死なれてしまったのだ。愕然としていた。

「塀から落ちて首を打ったわけでもねえ。俺たちが追いつく前に、誰かがこの首を……刺して殺したってことですよね、旦那」

嵐山は悔しそうに拳を握りしめたが、妙な塩梅になったと佐々木は深い溜息をついた。

「はっきりはせぬが……そう考えるのがふつうだな……」

錦も忸怩《じくじ》たるものがあった。自分が『山城屋』に小春のことを尋ねている裏で、

別の事件が進んでいたと考え、

——見せしめに殺したのでは……。

という思いに駆られた。

だが、佐々木は意外にも、錦のせいではないと断じて、

「これは嵐山以外、誰にも黙っていたんだがな……実は、他の大店の子供たちは無事に帰ってきているのだが、身代金はほとんど取られてはおらず、その場に置かれたままだったのだ」

「ええ……？」

錦が不思議そうに見やると、佐々木は腕組みをして唸って、

「今までの五件の拐かしは、脅し文が来て金を用立てると、すぐに子供は店に戻されていたのだ……つまり、拐かした奴らは金を取っていなかった。いや、千両箱から、五両とか十両、切り餅一個くらいは取っていたのだが、千両箱は置き去りにしていた」

「重くて持って逃げることができなかった……ということですか」

「いや。初めから、奪う金はほんの少しのつもりだったのかもしれぬ。事件を大き

くして、相手に凄い奴らだと見せかけたのだろう。町方が動くと我が子が殺される。そう思って、俺たちには報せなかった」

「でも、金を取りにくれば、捕まるかもしれないのに……とにかく、僅かな金で人質は帰したということですね」

「そういうことだ」

「どうして、そんなことを……」

「それを俺もずっと考えていたのだがな、よく分からぬ。ただ、いずれも脅し文を受け取った大店の主人は、みんなすぐに金を用立てた。『山城屋』も同じだ。ただ……」

「ただ……？」

「孫左衛門だけはすぐに、奉行所に届けた。他の者たちは、後で俺に話したのだ。何事もなくてよかったのだがと」

「ということは、此度は張り込んでいたのがバレたから……」

錦には腑に落ちないことばかりだ。目の前の若い男の身許はまだ分からないが、ただの使い走りだったのか。だから、佐々木たちに追われては困る一味の者が、口封じで殺したのだろうかと考えた。

「千両箱は店に戻したが、まだ子供の惣助は帰ってきていないそうだ」

「……」

「こいつが死んでしまっては、惣助の居所も分からないってことだ」

どんよりと重い空気が広がったとき、扉が開いて、下っ引に連れられて、女将風の中年女が入ってきた。少し小太りだが、昔はさぞや美形で色香があっただろうと思われた。

土間の筵に寝転がっている若い男を見るなり、女将風はすぐに言った。

「この人は、文六です……うちの茶店によく立ち寄っていました。目当ては、この前、亡くなった小春ちゃんです」

ハッキリと断言した中年女は、小春が勤めていた日本橋の外れにある茶店の女将だ。

「小春とは深い仲だったのか」

佐々木が訊くと、女将は首を横に振り、

「この文六は少し入れあげてたみたいだけれど、小春ちゃんには惚れた男がいるとかで、拒んでおりました」

「惚れた男……というのは？」

「知りません。迎えにきたのをチラッと見たことはあるのですが、遠目でしたし、顔はよく覚えていません。しゃんと背筋を伸ばした羽織姿でしたから、どこぞの大店の若旦那か、自分で商いをしているような……遣り手の男に見えました」

「小春にはわずか一年程前に、心中をした男がいた」

「えっ……？」

「相手は同じ年頃の手代だったが、死んでしまった。そいつとは違うのだな」

女将は驚きを隠せない顔のまま、

「違うと思います……若旦那のような人はもっと年上に見えたし、小春ちゃんが亡くなる少し前にも会っていたようですから」

と言うと、嵐山は腹立ち紛れに吐き捨てた。

「なんだい、なんだい。心中までした相手がいるのに、すぐに乗り換えるとは、やはりろくでもない女だったんじゃねえのか」

「そんな言い草はいけませんね。小春さんも亡くなっているのですから」

錦が庇うように言うと、嵐山は拐かし一味を取り逃がした焦りもあるのか、少し乱暴な態度になって、

「だって、そうじゃねえか。別に男ができたんだ。『山城屋』の主人も言ってたそうだが、本当の娘かどうかなんて分からない。しだいに金遣いも荒くなったとか……そんな女の何を信じろっていうんでやす、先生」

と躍起になると、珍しく佐々木の方が止めて、

「そう絡むな。錦先生は、小春の死に方に疑念を抱いているから、自分で納得するまで確かめたいだけだ。そうだろう？」

と錦に訊いた。

「もちろん、それもありますが……」

曖昧に答えてから、錦は佐々木に問い返した。

「拐かし一味は、どうして、わずかな金だけ取って、人質の子を帰したんでしょうね……その訳が知りたくなりました。この文六って人がやらかしたことなら、此度は残酷にも殺された……というのが、なんとも釣り合いが取れないじゃありませんか」

「それは俺も感じてる。文六って男をキチンと調べなきゃ、何も分かるまい」

佐々木もしだいに本気になってきていると、錦は感じていた。

六

今日は『山城屋』の暖簾は出ておらず、孫左衛門は愕然とした様子で帳場に置いたままの千両箱の前に座っていた。

その傍らには、不機嫌な顔の雪枝と、心配そうにうろついている幸兵衛もいる。

「——どうしたものか……千両も出したのに、こんなことに……」

泣き出しそうな孫左衛門に、雪枝は腹立たしげに、

「おまえさんが町方なんかに話したからいけないんですよッ。お金を出したのだから、他の店の子のように、すぐに戻ってきたはず……どうして、こんなことに！」

と佐々木と嵐山の失敗をあからさまに罵った。

「おまえは本当にそう思っているのかね」

「えっ……？」

「惣助がいなくなった方がいいと、考えているのかと思ってね。そしたら、お腹の子がこの店の跡取りになる」

「な、なんてことを……おまえさん！」

「ひとり息子の惣助が貰い子だってことを知っていたしな……おまえの考えそうなことだと思ってな」

「酷いことを言うものですね。そもそも、私のお腹の子は、まだ男とも女とも分からないのですよ。そんなふうに……」

「娘だとしても、ゆくゆくは婿を取れば、孫はおまえと血の繋がる子が生まれよう。私にとっては、赤の他人だがね」

「あんまりな言い方。まるで、この子がおまえさんの子ではないとでも言いたげな」

「本当に私の子なのかね……？」

疑り深い目になったとき、雪枝は救いを求めるように、

「なんとか言って下さいな、幸兵衛さん。どうして私がこんなことを、旦那様から言われなければならないのでしょうかね」

と言ったが、幸兵衛は困惑したように俯くだけであった。

「もうッ。なんですか、ふたりとも……だから、男は信用ならないのです！」

いつもの昂ぶった声で責め立てたとき、ドンドンと表戸が叩かれた。真っ昼間だが店は閉めたままである。

「こんな調子では、店の売り上げが下がってしまいますよ」

雪枝が苛ついて言うと、番頭は土間に降りて潜り戸に向かった。孫左衛門は「ああ……」と絶望したような声になって、

「おまえはこんなときでも、店の金の方が気になるのか、雪枝……たとえ血が繋がっていなくても、惣助は何年も一緒に暮らした子だ。我が子であることに違いはない」

「私は別に……」

孫左衛門は膝元の千両箱を叩いて、

「金はこうして戻ってきたが、惣助が何処でどんな目に遭っているかと思うと、私は、私は胸が痛んで……」

と瞼を震わせて涙を流した。今にも倒れそうなほど嗚咽した。

潜り戸の覗き窓の外に佐々木と嵐山がいる、と幸兵衛が伝えに戻ってきた。

「もしや、惣助が見つかったのかも……！」

涙を拭った孫左衛門は、微かな期待を抱いて自ら潜り戸を開けた。そのまま表に出てみたが、惣助の姿はない。辺りを見廻しながら、孫左衛門は目の前の佐々木に縋るように訊いた。

「惣助は、まだ見つからないのですか」

「何処にいるかも分からぬ。拐かしの一味が死んでしまったのでな」

「そんな……やはり雪枝の言うとおり、お上になんぞに報せるのではなかった……」

「──ここではなんだから、入るぞ」

佐々木が勝手に店の中に踏み込むと、嵐山もついて入ったが、孫左衛門は心配そうにもう一度、辺りを見廻してから中に戻って扉を閉めた。幸兵衛が深々と頭を下げるのを見て、佐々木はいきなり、

「番頭。おまえは昨夜、何処にいた」

「えっ、私でございますか？」

「主人と千両箱を薬師堂に運んでから、何処で何をしていたのだ」

「店に帰ってきて、ここにおりましたが、何か……」

「妙だな。おまえの姿を見たという者がおったのだ……拐かしの一味が殺された堀割の近くにいたというが」

「誰がそんな……見間違えでは……私はずっとここに……そうですよね、女将さん」

今度は幸兵衛の方が、雪枝に救いを求める目を向けた。すぐに雪枝は、

「ええ。おりましたが、何か……」

と答えたが、佐々木は曰くありげな目で見つめながら、

「なに、番頭でないのなら、いいのだ」

と一応、承知したように頷いた。そして、帳場の近くに腰掛けて、

「殺されたのは、やはり文六という若造だった。以前、ここにいた小春に惚れて、茶店に通い詰めていたそうだ」

「そうでしたか……では、文六とやらが拐かしを……」

幸兵衛が訊くと、佐々木は文六の受けた傷や様子を伝えてから、他の拐かしがあ

った大店の事情を伝えた。実は、小金だけを奪って身代金にはほとんど手を付けていなかった。その話を聞いた孫左衛門は納得できず、

「えっ。どういうことですか……身代金をすべては取らずに、子供を帰したということですか」

と佐々木の言葉を鸚鵡《おうむ》返しに言った。

「そうだ。違うのは、『山城屋』の身代金には小判一枚触れていないということだ。そして、文六が殺された」

「……」

「もっとも他の事件も、文六がやったかどうかは定かではない。それを調べているのだが、どうも腑に落ちぬことがあってな」

佐々木は自分たちには何の落ち度もなかったと言い訳をして、

「以前の五件の拐かしは……実は後で調べて分かったことだがな……材木問屋『越前屋』、油問屋『肥後屋』、札差『大黒屋』、米問屋『丹波屋』、太物問屋『日向屋』……このいずれも、攫《さら》われた子供は養子だったのだ。つまりは貰い子だ」

「ええ……!?」

孫左衛門が素っ頓狂な声を上げると、佐々木と嵐山はジロリと睨んだ。

「そうなのですか……うちも実は、貰い子なのです」

「なに、そうなのか?」

「はい。前妻との間に子供ができなかったので、惣助が赤ん坊のときに縁もゆかりもない人からですが、貰い受けたのです」

食い扶持減らしの犠牲だと、孫左衛門は付け加えて、

「それじゃ、うちに来た方が幸せにできると思いました。だから前妻がいなくなっても、本当の子のつもりで育てました」

「腑に落ちぬのは、そこなのだ……」

佐々木は落ち着きのない雪枝をチラチラと見ながら、

「たまさか貰い子だけを拐かしたとは思えぬ。文六が拐かしをした奴だとしたら、なぜ、そんなことをしたのかな」

「さ、さあ……」

「——女将のお腹には、赤子がいるんだってな……錦先生から聞いたよ」

「……」

「まさか、実の子ができたので、貰い子を捨てようとしたんじゃあるまいな」

「なにを馬鹿な！　それではまるで、私が何かしたような言い草ではありませんか」

「済まぬな、疑うような見方をして……けどな、拐かされた材木問屋や油問屋らの息子や娘たちの話では、料理屋か何処かで、みんな美味いものを食わしてもらい、湯にもゆっくりと入れてもらったりしたというし、母親くらいの女たちがいて、優しく接してくれたらしい」

「……」

「帰りは目隠しをされて、駕籠で店の近くまで運ばれたとのことだが、悪戯ひとつされなかったらしい。どうしてかな」

佐々木は不思議で仕方がないと続けて、

「拐かした狙いが分からぬのだ。身代金を全て奪うのならば、金目当てだがな」

「もしかして、子供と遊びたかっただけとか、あるいは欲しがっていたとか」

孫左衛門は思いつきで答えたが、嵐山は身を乗り出して自分の考えを言った。

「文六って奴のことを調べてみたら、こいつは博奕好きの遊び人で、浅草の寅五郎《とらごろう》一家の賭場にも出入りしているような輩だった」

「ヤクザ者ですか……では、やはり金欲しさのために……」

「ああ、俺もそう思ったよ」

嵐山は神妙な顔つきになって、あえて十手を突きつけるような仕草で、

「三両でも五両でも盗めば、しばらく臭い飯を食わねばならぬし、下手すりゃ入墨に敲《たた》き刑だ。五件すべてやってりゃ、死罪だ。だから拐かしという大きな騒ぎを起こして、秘密裏に大金を動かしている最中に、ちょこっと横取りしたとしても、誰も気付くまい……文六はそう考えたんじゃねえかな」

と、もっともらしく言った。

「だったら、貰い子だけの店を狙うことはあるまい」

佐々木が気になっているのは、この一点であった。たまたま貰い子だけだったとは思えないから、もっと文六のことを調べてみると、意外なことが分かったという。

「この文六ってのも、実は貰い子だったらしいのだ。本人は死んだから、本当かどうかは定かではないが、奴と付き合いのある遊び人の話では、三つの頃に親に捨てられて、面倒を見てくれたのが、棒手振りの貧しい夫婦者だったらしい」

「だが、よくあることだが、自分たちの本当の子ができると邪険にされて、十歳になる前に、自分から家を飛び出したらしい」

しんみりと言う佐々木に、孫左衛門は逆に訊いた。

「そんな身の上ならば、わざわざ貰い子ばかり狙うのも妙な話ですよねえ」

「そうかな……？　俺にはなんとなく気持ちが分かる」

と言ったのは嵐山の方だった。

「もしかしたら文六は、親の気持ちを確かめたんじゃねえかなって」

「親の気持ち……？」

「いくら我が子同然と言ってても、血の繋がらないガキのために、千両二千両という大金をポンと出せるものか……ってね」

嵐山がそう感じたのは、自分も同じような身の上だったからだ。だから勧進相撲の親方のところに世話になっていたという。

「なあ、孫左衛門さんよ。あんたも他の大店の主人と同じで、ちゃんと金を出した……そのことは立派だ。この話を聞くと、まだ五歳とはいえ、惣助も大喜びすると思うぜ。いや、まだ分からねえか」

苦笑を浮かべる嵐山を、雪枝は複雑な表情で見ていた。

もしかしたら、自分のお腹の子ならば、何もかも捨てられたかもしれないが、惣助に大金を払うのは躊躇する気持ちが強かったのであろうか。佐々木と嵐山はそんなことを察しながら、幸兵衛にも目を向けた。

「番頭……今度はおまえに訊きたいことがあるそうだ」

「えっ……？」

「錦先生がだよ。大事な話らしい」

佐々木も事情を知っているのか、射るように見つめてから、

「まだ惣助が何処にいるか分からないから、こっちは鋭意、探索を続けるとする。他の大店の子たちのように、美味いものが食えていればいいがなあ……」

と捨て台詞を吐いて店から出ていった。

孫左衛門と雪枝、幸兵衛は、佐々木と嵐山を、三人三様の面持ちで見送っていた。

七

佐々木の言ったとおり、錦が『山城屋』を訪ねてきたのは、その日も遅く、辻灯籠が消えた刻限であった。町木戸も閉まる頃だが、孫左衛門たちは昼間と同じように、その場に座っていた。

雪枝は体が疲れたのか、奥で横になったりしていたが、やはり惣助が帰ってこないのを心配しており、顔が青白くなっていた。

幸兵衛も憔悴したように背中を丸めていたが、錦が来てから余計に、おどおどしているような態度になった。これまで、孫左衛門と雪枝を責めるような言葉遣いや仕草を目の当たりにしていたからだ。まるで奉行に尋問でもされる気分だった。

「番頭さんは、いつから小春さんを囲い女《め》にしていたのですか」

「えっ……!?」

いつもの錦の唐突な問いかけに、幸兵衛は硬直した。孫左衛門と雪枝も同様に驚きの様子を隠せない。

「な、なんということを……おっしゃるのです……」

語尾の方は小さくなって、幸兵衛は気まずそうに俯いた。主人らしい顔つきに戻った孫左衛門は、チラリと唇を嚙みしめている雪枝を見て、幸兵衛に問い質した。

「どういうことだね、幸兵衛……」

「いいえ、私はそんなことは一切……小春とは関わりなどありません」

消え入る声で否定したが、孫左衛門は「嘘を言うな」という目になって、

「八田先生はこれまで、私たちのことを責め立てたが、まったく嘘はなかった。何もかもまるで見透かしているようにね。正直に話しなさい。何があったのです」

「……」

「たしかに私も、小春が死んだのが私のせいだなんて、無茶なことを言うものだと思っていた……ましてや雪枝の仕儀にまで因果をつけられては、あまりに強引だと思ったよ。でも……そういう幸不幸は人の世ならばあるかもしれない。そう感じたんだ」

孫左衛門はもう一度、雪枝を見やり、

「おまえも反省しているよな。自分にとっては些細なことかもしれないが、人の人

生を狂わせることもあるのだとね」

息子を人質に取られ、大店の主人らしい振る舞いをせねばならぬと感じたのか、孫左衛門は自責の念からそう言った。だが、幸兵衛は一文字に口を結び、何も話す気はないとばかりに瞼を閉じた。

すると、錦が一枚の書き付けを出して、

「深川富岡八幡宮の裏手にある長屋は、ご存じですよね。あなたが小春さんのために借りた所です。これは大家と幸兵衛さんが取り交わした家賃などの証書です」

「！……」

「小春さんに執心だった文六は、茶店からそこまで尾けて、ようやく居所を見つけたそうです」

幸兵衛は驚いたが、観念したのかふて腐れたように姿勢を崩した。

「言っておきますが、あくまでも文六が惚れていたのであって、小春さんはまったく相手にしていなかったそうですよ。だから、大家さんも文六の顔を覚えておいて、近づけさせないようにしたそうです」

「……」

「だって、大家さんは、幸兵衛さんのことを〝旦那さん〟と思っていましたから」

錦は顔を背ける幸兵衛を見据えて、

「茶店の女将さんは、あなたらしき人が迎えにきていたことも話していたとか。気骨のある商人のように見えたそうですがね」

と言うと、孫左衛門が、穏やかだが気迫のある声で詰め寄った。

「知っていることをすべて話したらどうだね。おまえは私なんかよりも、立派な商人で利口だから、この不景気な中でなんとか『山城屋』の看板を下ろさずにやってこられた」

「旦那様……」

「女を囲うことは男の甲斐性。悪いことではない。それがなぜ、小春だったのか……おまえの口から聞きたい」

孫左衛門はまるで錦に加担するかのように尋ねた。

黙って聞いている雪枝の顔を、幸兵衛は愛おしげに見てから、

「ただの同情です……本当です。小春を〝囲い女〟にしたとかではなく、本当に可哀想だと思ったから情けをかけただけです。決して、あちこちの女を天秤にかけて、

手を出したわけではありません」

と言い訳めいて話し出した。

「初めは小春とは気付きませんでした……心中騒ぎを起こしたことも知りませんでしたし……たまたまお客様と一緒に立ち寄った茶店で、向こうから声をかけられたんです」

小春は『山城屋』を辞めさせられたことは、少し恨んでいたが、自分にも少しは至らないところがあったと反省していたという。しかも、幸兵衛は働いていた頃、小春に優しかったから、むしろ感謝していたらしい。

「まさか、こんな近くにいるとは思ってもみなかったけれど、声をかけられなければ分からなかったくらい変わってました……ええ、綺麗になっていたんです。色々な男から声をかけられるのは当然だと思いました。でも……」

幸兵衛は伏し目がちだったが、微かに明るい笑みを浮かべて、

「自分が頼りにされるとは思ってもみなかった……文六という男に付け廻されているので、どうにかして欲しいってね」

「おまえに助けを求めたのか」

忌々しげに孫左衛門が訊き返すと、幸兵衛は恥ずかしげに頷いて、

「ええ。でも、私は腕っ節が強くないし、相手はならず者だとのこと……金で片を付けると必ずまた要求されるに違いない。だから、小春の旦那のふりをしたんです」

「旦那のふりを、な……それで深川の長屋に……」

「でも、本当にそんな気はない。文六が離れてくれればそれでよかった。それに、小春は私に苦労話はしなかったが、幼い頃はずっと貧乏だったって話をしていた」

「……」

「伊勢吉とのことも、おくびにも出さなかったけれど、本気で惚れた男はいたが死別したとは教えてくれた」

小春は涙ながらに話したという。

「そして、自分は運がない。何処へ行っても、どうして上手くいかないのだろうと、嘆いていました……そんな小春を見ていると、なんだか可哀想になってきましてね、本当にずっと面倒を見てやろうかと思っていました」

しみじみと幸兵衛が言うと、孫左衛門も同情の目になって、

「どうして私に話さなかったんだね」

「それは……」

何か言いかけて、幸兵衛はまた雪枝の顔色を窺うように見た。雪枝の方も幸兵衛をジロリと睨んでいたが、何も言い返さなかった。そのふたりの様子に、錦も孫左衛門も、何かあると察していた。

「──とにかく……私が旦那のふりをしていたのですが、文六は諦めが悪いのか、私にも因縁をつけてきました」

幸兵衛が呆れ果てた声で続けると、孫左衛門も許せぬとばかりに、

「因縁をなあ……どうせ殺されても仕方がないような男なのだろう……アッ」

と何か言いかけて声に詰まった。だが、絞り出すように、

「まさか……おまえが殺《あや》めたのでは……」

「ち、違いますよ……」

「そうかい。ならいいんだが、もし文六とやらと揉めていたのなら、佐々木様だって目をつけていただろうからな」

安堵したように孫左衛門は言ったが、幸兵衛はまだ不安げな顔で、

「でも、文六という男も可哀想な奴で……実は、私は金輪際、小春に近づくなと直談判したことがあるのです」

「文六に……」

「はい。ですが、奴は思いの外、いい奴で……いい奴というのも変ですが、いわゆる悪党ではなかった気がするんです」

幸兵衛は錦にも聞いて欲しいというように顔を向けた。だが、錦も承知しており、

「ええ、文六は、浅草の寅五郎一家の賭場に出入りしていたのですがね、そのために金が欲しかったのです。だから、大店の子を拐かして金を求めた……」

「そのとおりです。けれど、奴はこんなことを言っていました」

幸兵衛は神妙な顔つきになって、

「自分も捨て子だった。しかも大切にされなかった。だから、ひねくれ者になった。世間や捨てた親のせいにはしたくねえが、酷い目に遭ってる子供なら、俺が助けてやりたい……そんなふうなことをね」

「……」

「だから、実の子ではない大店の息子や娘だけを上手いこと攫って、身代金を要求

した。どの大店も迷うことなく出した。それだけ、自分の子として大切にしてるんだろうなと分かったたってね」

文六にすら同情しているように、幸兵衛は話してから、

「千両箱ごと運び去ることもできそうなときもあったけれど、申し訳ない気がして少しだけ頂いたと話していました」

「それで、うちにも……」

「ええ。文六の話では、小春が惣助坊のことを話したらしい」

「だからか……」

沈鬱な表情になった孫左衛門だが、幸兵衛もしばらく黙っていた。人質になった惣助はまだ帰ってこないからだ。

「でも、どうして……」

孫左衛門はふいに込み上げてくるものがあって、胸の底を突き上げられた。

「どうして、小春は死ななければならなかったんだ……世を儚《はかな》むほどのことはなかろうに……本当は誰かに殺されたんじゃ……もしかして、その文六が思いあまって！」

「……」

「だから今度は、本気で盗んでやろうとしたけれど失敗したのでは……？」

「えっ……だとしたら、誰が文六を殺したんです」

幸兵衛の方が疑念を抱いて、それを晴らしてくれとばかりに錦を振り向いた。

「――先生は、本当は何もかもご存じなのではありませんか？」

「……」

「そうなんですよね。だから、惣助坊に対する私たちの気持ちを探るために、何度もしつこく訪ねてきているのでは……」

不安が込み上げてくる幸兵衛に、錦は大きく頷いた。その険しい表情を、孫左衛門も雪枝もまじまじと見ている。

「小春さんは自害です。世を儚んで、やはり大好きだった伊勢吉さんを追ってのことだと思われます。遺書は残っておらず、薬を何処で手に入れたかも分かりませんが、文六にはそう伝えていた。そうでしょ、幸兵衛さん」

「そうです。しつこいから、何度も死ぬことを仄めかしていたとか……もっとも、文六の方は本気でそんなことをするとは思っていなかった……」

実際にそう訊いたと、幸兵衛は付け足した。

「でも、小春は死んでしまった。だから、文六は『山城屋』から金を奪おうとしたんです。その理由は……『山城屋』が小春の人生を狂わせたってことを、文六は知っていたからです。それに……」

「それに……？」

錦が訊き返して、自分でハッキリと言って下さいと迫った。

「文六は、私が『山城屋』の番頭であることを知っていました。だから、今度は拐かしをして、千両を全部持ち逃げさせろと、私を脅したんです」

「脅した……どうしてです？」

理由を知っているが、錦はあえて尋ねた。

「それは……」

幸兵衛が雪枝を振り返って何か言おうとする前に、

「──私のお腹のやや子は、幸兵衛さんの子だからです」

と雪枝が言った。

孫左衛門はわずかに驚いた表情に変わったものの、「だろうと思った」というふうに頷いて、幸兵衛と雪枝を責めるでもなく、ふたりの顔を見比べていた。錦も確かめることはなかったが、幸兵衛は続けた。

「文六は私が小春の旦那だと思っていたから、余計に身の周りを調べ始め、私と女将さんが出合茶屋に密かに入るところまで見つけだしていたそうです」

「それで脅されたのですね」

錦が念を押すように訊くと、幸兵衛は自分を責めるように、

「私がいけないのです……旦那様が女将さんを嫁に貰ったときから、私は……心ときめいておりました」

「いいえ。誘ったのは私の方です」

雪枝はすっかり居直って、使用人である番頭と関わりを持つことを楽しんでいたと話した。その上で、次第に惚れていったのは本当のことで、子供を授かったときには喜びを感じたという。

「申し訳ありませんッ」

幸兵衛の方が先に両手をついて謝った。すぐに雪枝も頭を下げて、

「酷い女です。もはや『山城屋』にいるわけには参りません。あなたに追い出され

る前に、すぐにでも出て参ります」

と切々と語り、幸兵衛と頷き合った。

だが、孫左衛門は険しい顔をじっと向けたままで、

「そうはいきませぬ」

「……」

「おまえたちには、ずっとここで働き続けて貰います。でないと……不義密通が表沙汰になり、おまえたちは咎めを受けるでしょう。幸兵衛は市中を引き廻されて獄門送り、雪枝も死罪ですよ。それでいいのですかな」

雪枝と幸兵衛は恐怖で顔を見合わせた。

「それに……追い出してしまえば、また人生がとんでもない方に流れるかもしれない、小春のようにな……」

「いえ、しかし……」

幸兵衛が申し訳なさそうに頭を下げるのへ、孫左衛門は首を横に振り、

「おまえにはいずれ暖簾分けをしようと思っていた。だが、今の『山城屋』は、それどころではない。だから幸兵衛……おまえが支えてくれ、雪枝とともに」

「えっ。それは、どういう……」

「お互い惚れ合っているなら、それが一番ではありませんか。おまえが小春に情けをかけたように、私も生い立ちの可哀想な雪枝の面倒を見てやりたいと思って、嫁に迎えたのだ……年頃も幸兵衛との方が似合いだ」

「だ、旦那様……」

「暖簾分けができるようになるまで、ここで頑張ってくれ。そしたら、おまえが新しい店を持って、雪枝の子供とともに暖簾を守っていくがいい……」

孫左衛門は雪枝を見つめて微笑んで、

「この店は、惣助に継がせる……だから、すぐにでも帰ってきて貰いたい……」

と心から願った。

そのとき、表戸がドンドンと叩かれた。

店の片隅で聞いていた手代が、覗き窓を開けると、佐々木が立っていた。

「これは北町の……」

手代が潜り戸を開けると――サッと入ってきたのは、惣助だった。

「そ、惣助……！　無事だったのだね！」

顔を見るなり、孫左衛門は土間に駆け下りて、惣助を抱きしめた。後から入ってきた佐々木は、店内を見廻してから、錦に向かって、

「どうやら、先生の思惑どおりになったようだな」

「いいえ。孫左衛門さんが素直に胸襟を開いて下さっただけのことと思いますよ」

錦が答えると、佐々木は惣助を抱きしめている孫左衛門の肩を叩いて、

「この子を拐かしたのは文六だ。その文六は、見張っていた俺たちから逃げようとして、塀から飛び降り、その弾みで転倒して、自分が持っていた刃物で首を切ってしまったようだ。刃物はすぐ近くの堀割の泥の中から見つかった」

「……」

「自業自得かもしれぬがな……子供は知り合いの料理屋に預けて飯を食わしていたが……文六が死んだと知った店の者が、奉行所にこの子を届けにきたのだ。むろん、拐かしをしていたとは知らなかった」

「そ、そうでしたか……」

「しかし、惣助は家に帰りたくないと言ったのでな、俺たちは探すふりをしながら、八丁堀の組屋敷で預かっていたのだ」

「帰りたくない……？」

「おまえは仕事にかまけてろくに相手をしてやらず、五歳の子に雪枝は辛く当たる。番頭の幸兵衛は優しかったが、惣助は自分が貰い子だと知っていたから寂しかったそうだ」

佐々木からその話を聞いた孫左衛門は、さらに強く惣助を抱きしめた。そして、これからは我が子としてもっと大切にすると誓った。

「先程、孫左衛門さんが話したとおりで、いいですよね、お内儀、幸兵衛さん……」

錦は初めて安堵したような笑みを洩らすと、穏やかな眼差しで三人を眺めていた。そして、ひとときのつまらぬことで、誰もが不幸にならないことを願うのであった。

第二話　無粋者の生涯

一

北町奉行所玄関を入った脇、年番方詰所はいつものように〝堅固伺い〟で賑わっていた。錦に診て貰うために、与力や同心だけではなく、町方中間らも並んでいるのだ。

年番方詰所の奥にある診察室には、白衣を纏《まと》った錦が凛とした態度で淡々と、〝切診《せっしん》〟〝望診《ぼうしん》〟〝聞診《ぶんしん》〟〝問診《もんしん》〟を真剣に繰り返していた。

〝切診〟は脈を取ったり、腹の筋肉の張り具合や皮膚の様子を見ること。〝望診〟は顔色や舌の色やざらつき、体の動きや場合によっては糞尿を確かめること。〝聞診〟は声の調子や息の匂いなどから体調を把握することで、〝問診〟は本人が自覚している体調や熱などを調べることだ。

次々とこなす錦の冷静な物言いと仕草が、素っ気ない女に見せて、それがまた与力や同心たちには妙な色気を感じさせるのだ。

さすがに近頃は、わいわいと騒ぐ者は減った。その訳は、

「物見遊山ではないのですから、お静かに」

とキツく錦に言われるのが、怖くなったからだ。

実は、北町奉行の遠山左衛門尉《さえもんのじょう》からも、女医者だからといって変にからかうなと注意勧告を受けていた。それでも多くの者たちは、声を潜めて、錦の一挙手一投足を見守るように待っていた。町奉行所という江戸の町政や犯罪取り締まりに関わる役所の役人たちというよりは、まるで思春期の子供らのようだった。

だが、今日は——珍しく年番方筆頭与力の井上多聞の姿がない。騒々しい与力同心を窘《たしな》める光景がないのも妙に寂しかった。

「井上様はどうなさったのだ」

「間もなく定年で御役御免ゆえ、毎日、出仕しなくてもよいそうだ」

「いや、何処か具合が悪いらしいぞ」

「たしかに近頃は、歩く姿も弱々しく、元気がなかった」

「何か失策でもやらかしたのではないか」

「ああ、その噂もある。長年、宮仕えしてきたのに、報奨金を減らされてはたまらん」

「ぬかりのない井上様のことだ。上手く立ち廻るだろうがな」

「しかし、人生、一寸先は闇だからなあ」

などと噂話をしていたが、井上の姿は現れなかった。

そのことについては、錦も気になっていた。

実は数日前、井上多聞が錦の診療所を訪ねてきた。

そこは、元吟味方与力・辻井登志郎の組屋敷で、錦は離れを借りて、町医者として近在の者たちの病気や怪我を診ているのだ。

いつもの元気がないので、錦は心配していたが、少しばかり風邪気味で体が弱っているとのことだった。たしかに喘息のような息遣いであるし、葛根湯を処方したが、井上は辻井に返しておきたい物があると、小さな包みを差し出した。

そこには、印籠が入っていた。桔梗の家紋が入っている。それは辻井家のものだが、当節、印籠は形ばかりのもので、薬を入れることはほとんどない。

錦が何かと訊いてみると、『実は、井上家も同じ家紋で、年番方になったとき、辻井様から頂いたものだ』と言った。これはある手柄を立てた折、辻井に上様が下さったものだという。

『どうして、これを井上様に……？』

錦が気になって尋ねると、

『魔除けのお守り代わりにしてくれと、下さいました。年番方は町奉行所の何もかもを扱うところゆえ、気苦労も多いし、敵も増える。激務のために病に臥す者も少なくない役職ゆえ、御身大事のためにとな。これのお陰で、何事もなく役目を終えることができそうです』

と井上は答えた。

学問所でも先輩後輩の関係であるふたりは、町奉行所でも色々と競い合い、励まし合い頑張ってきたという。少し遅れて、井上も退官して隠居の身になるのだが、改めて一献差し上げたいと願っているという。

その折、錦は違和感を抱いた。いつもの井上らしからぬ、気弱な態度だったからだ。風邪気味のせいかと思ったが、その翌日から、井上は奉行所に出てこないという。

今日の分の〝堅固伺い〟を終えてから、錦は井上の組屋敷まで訪ねた。

すっかり暮れているのに、なぜか灯りもついていなかった。井上には跡継ぎがおらず、娘は何処かに嫁いだが、江戸から離れているはずだ。奥方はとうの昔に亡くなっている。俄に心配になった錦だが、隣近所の者たちも居所は分からないという。

仕方なく、辻井の屋敷に戻ったところに、岡っ引の嵐山が待っていた。一瞬、嫌な予感がしたが、井上のことではなかった。

「こんな刻限に何かあったのですか」

屋敷の中に誘うと、嵐山はいつになく神妙な面持ちで、今し方、知り合いに相談されたばかりの話をし始めた。

「お浜《はま》って娘が亡くなったんだが、この前の事件じゃねえが、自害か殺しか分からないってんだ……ゆうべ、深川の材木置き場で見つかったらしい」

「知り合いって……？」

「俺が勧進相撲をしていた頃、よく世話になっていた一膳飯屋の娘だよ。その頃は、まだ七、八歳で小さかったけれど、もうすぐ嫁に行くような年頃の娘になってた。深川の『信州屋《しんしゅうや》』という材木問屋に奉公してたんだ」

「そうなの……恩人の娘さんなのね」

「へえ。なのに今朝になって、役人がお浜の亡骸を家に運んできて、『これは自害だった』とあっさり言ったきりで、理由も聞かされなかったとか……あっしはもう腹が立って腹が立って……」

「検分は誰がしたの？」

「本所見廻りの与力が差配して、地元の町医者が……。改めて、錦先生に頼もうとしたら、その必要はないと、与力が……」

本所見廻りは、本所方とも呼ばれる外役である。享保年間に、〝本所奉行〟が廃止されてからは、本所・深川に関する民政から普請土木、犯罪の取り締まりから吟味まで、諸般の事務を取り扱う役職だ。

元々、この辺りは江戸四宿同様に、江戸への人や物の出入りを監視する場所であった。ゆえに権限が強い。

与力といえば、年番方、吟味方、市中取締《しちゅうとりしまり》諸色　調《しょしょくしらべ》掛《がかり》の三役が〝徳多き〟役職である。仁徳や才覚に秀でている者であるがゆえに、付け届けなどの役得も多い。与力は二百石取りだが、四公六民ゆえ年貢は八十石であり、さらに籾取りなどで減るから、実質は六十四石程である。

しかし、旗本の二百石取りと違って、町方与力のこの三役は特に付け届けが多いから、四、五百石取りの暮らしができたという。だが、町場を預かるため、他の武士から不浄役人と呼ばれていた。下級旗本より実入りがあるせいで、妬まれていたのだ。

本所方も、年番方と吟味方、市中取締諸色調掛を併せ持ったような役目であり、東国や関八州にも睨みを利かせる存在であったため、随分と権威があった。

此度の一件も、脇坂喜兵衛《わきさかきへえ》という本所方与力が差配した。だから、岡っ引の嵐山如きが口を挟むことはできない。定町廻り同心の佐々木康之助にも相談したが、二の足を踏んでいるらしい。

「深川には、錦先生の師匠になる藪坂甚内《やぶさかじんない》先生のお住まいもある。どうか今一度、調べ直して貰えないでしょうかね」

「それは……」

少し躊躇《ためら》った顔になったので、嵐山は無念そうに、

「先生でも無理ですかい……そうですか」

「できる限りのことはやってみますが、脇坂喜兵衛という御仁は、かなり強引な与力だと聞いております。もちろん何度も〝堅固伺い〟をしたことがありますが、自分のことは自分が知っていると頑固で臍曲がり。まあ、そういう人の方が与力には向いてますがね」

「さいですか……」

「でも、嵐山親分が気になるのなら、遠山のお奉行様に断った上で、私が脇坂様にお話ししてみましょう。その前に……」

錦は必要な道具を揃えて出かける支度をしながら、

「亡骸は葬られる前、今のうちに見ておきたいので、案内して下さいな」

「えっ。本当ですかい？」

「一刻でも過ぎると分からなくなることが多くなりますから」

「へい。ガッテンでさ！」

急に元気になった嵐山が、錦を連れてきたのは深川入船町、三十三間堂近くの

『はる屋』という一膳飯屋だった。

何処にでもある小さな店だが、近くには材木問屋と材木置き場があるので、昼餉時には人足たちが集まる。夜も酒を出すので、そこそこ繁盛しているという。お浜は目と鼻の先にある『信州屋』に、通いで女中奉公をしていたのだ。

お浜の亡骸は、店の奥にある座敷の布団に寝かせられていた。線香の煙がきつい匂いとともに充満していた。

二親の定助《さだすけ》とおはるは、娘の変わり果てた姿に、すっかり生気を失っている。店の名前は、おかみさんの名前から付けられて、もう三十年以上営んでいる。

嵐山は錦を招き入れると、

「俺が頼りにしている〝番所医〟の八田錦先生だ。何か分かるかもしれねえから、ここは任せてくれ。このままじゃ、お浜ちゃんもあんまりだからよ」

と二親に声をかけた。

錦も丁寧に合掌して悔やみの言葉をかけてから、おもむろに検分を始めた。

綺麗な着物に着替えさせられたのか、外見では何処にも違和感はないが、丹念に調べると、腰の辺りにズレがあり、骨盤が折れている痕跡があった。

「親御さんには辛いでしょうが、ごめんなさいね」

優しい声をかけてから、錦は嵐山に手伝わせて帯を解き、裸体を晒した。二親は顔を背けて目を閉じている。

外表《がいひょう》を隈無く見たが、刃物で傷つけられたり、棒や石などで殴打された痕もない。目や鼻、舌などに毒物を飲まされた形跡もなければ、首や肌には毒針のようなもので刺された様子もない。ただ、斑点のようなものが、体の左側だけにあった。心の臓がある方で、折れた骨盤の近くである。

「先生……やはり倒れたか、倒されたために激しく体を打ったせいで……」

嵐山が急かすように訊くと、錦は慌てるなというように首を横に振り、

「本当なら今すぐ、切開して臓腑をすべて改めたいところですが、ご両親の前ではあまりに惨《むご》いことでしょう。でも、ほんの少しだけお許し下さいね」

と左脇の下辺りに、ほんのわずかに検分の刃物を入れた。

途端、微かに真っ赤な血が滲んできた。そして、錦は今度は、胸の真ん中、鳩尾《みぞおち》辺りにも傷をつけた。すると、今度はもっと色が濃い血が溢れてきた。

「——錦先生……こんなんで、何か分かるんですかい？　詳しい検屍をするなら、

番屋にでも運んで……」

嵐山は真相を知りたいために気遣ったが、錦はその必要はないと言って、

「これは凍死です。その前に、骨盤が折れたことで、体内で失血をしたようですが、不幸にもそれで凍死を早めた……と思われます」

「凍死……？」

納得できないと嵐山は首を横に振りながら、

「たしかに寒いが、凍死するほどでは……それに失血したのなら、材木置き場にだって血の痕くらいあったはずだし」

「失血といっても、血の道……血が流れる管が裂けて体の中に広がった……つまり内出血のようなものです。あまりに急激だったので、お浜さんは気を失ったのでしょう。そして、材木置き場に人知れず倒れている間に、凍死したのだと思われます」

「だって先生……雪が降るような時節じゃないし、凍死だなんて……」

「失血によって体温が下がるんです。この血がふつうよりも赤いのは、肺に入った気が沢山、血の道に吸い込まれて流れた証なのです。体が冷えるとそうなるのです

……時と場合によっては、部屋の中でも凍死しますよ」

錦の言い方が、突き放したように感じられたのか、定助は嗚咽を噛み殺しながら、

「もう結構です……お浜が死んだことに変わりはない……自害なんかするはずないし、凍死だなんて、あまりに哀れだ……」

と拒むように言うと、おはるもワッと声を上げて泣き出した。そして露わになっている娘の体に着物を直してやり始めた。

嵐山はふたりの悲しみを汲みながらも、

「でも、親父さん……腰骨が折れたのが誰かの仕業なら、そこにほったらかしにしたから、お浜ちゃんは死んだんだ。わざと転がしたままにしたなら、そいつは人殺しだッ。俺は十手にかけても下手人を探し出すからな」

と大きな体を揺らして意気込んだが、定助とおはるは、もう原因などどうでもよいかのように泣き崩れるだけであった。

二度と目覚めることのない娘を抱きしめる二親の姿を眺めながら、錦は嵐山の言うとおり、真相を明らかにしなければ、お浜は浮かばれないと心に誓っていた。

二

その翌日——深川の大番屋に、なぜか年番方筆頭与力の井上多聞が訪ねてきた。通称で〝鞘番所〟と呼ばれるのは、咎人を留め置く牢部屋があって、それが細長くて刀の鞘のようだからだ。

今日は吟味もなく、仮置きしている咎人もいないので、大番屋の中では、同心や番人らが暇を持て余して将棋を指していた。

本所方与力の脇坂喜兵衛は、奥の上がり座敷にデンと座って書見をしていた。いかにも能吏という賢そうな風貌で、武芸にも秀でている体つきである。

与力が出仕するときには、槍持や挟箱持、草履取に若党ら数人も同行する。その者たちも詮議所の片隅で、丁半博奕の真似事など手慰みをしていた。大番屋にあるまじき光景に、入ってくるなり、井上多聞は激怒し、

「何をしておる、貴様ら！　ここは無聊《ぶりよう》をかこって遊ぶ所ではない。憂さ晴らしなら他でやるがよい」

と大声を張り上げた。

だが、誰も無視をする態度で、「誰だ？」という顔つきだった。普段着の羽織に着流しだから仕方があるまい。

書見中の脇坂も目を上げたが、まったく動じず、

「これはこれは、井上様ではござらぬか……おまえたちキチンと挨拶をせぬか。この御方は、北町奉行所・年番方の筆頭与力様だ」

と促した。

それでも番人たちは「はあ」という顔をするだけで、取り立てて緊張することもなかった。同心たちは立場上、仕方ないので、一応、恐縮したように頭を下げた。

「それにしても、井上様が深川くんだりまで何用でございますかな」

脇坂は平然とした態度で訊くと、井上はゴホゴホと具合が悪そうに咳をしてから、

「お浜という娘が自害ということで、親元に帰されたそうだが、事情を聞こうか」

「はて、お浜とは……ああ、一膳飯屋の娘の……」

「惚けなくともよかろう。おぬしが自害と断じたのだからな。ろくに検屍もせずに」

「検屍なら町医者にさせたし、殺しや事故の疑いもなかったのでね」

「だが、材木問屋『信州屋』に奉公していることは分かっておろう」

「そうらしいですな。それが何か……?」

言っている意味がよく分からないという顔で、脇坂は立ち上がり、井上に近づいた。

「これまた惚けるのか。『信州屋』といえば、今、北町奉行所で材木の値を吊り上げている疑いがあるので、探索している最中ではないか。そこに奉公している娘が亡くなったのだ。何かあると疑って、詳細に調べるのが、本所方の務めではないのか」

「私も材木の値上がりのことは承知しておりますが……なるほど、そう言われればそうかもしれませぬな。しかし、ただの下女ですし、取り立てて関わりはないと存じますが」

半ば脇坂は娘の死と材木の値上がりには、まったく繋がりはないと断じたが、井上はムキになって、

「まことない、とな……」

「お浜とやらは、奉公先でよほど辛いことがあったのかもしれませぬがな」

「では、改めて、お浜の死について、調べ直して貰いたい」

「いや……」

「おぬしは北町奉行所指折りの切れ者ゆえ、伝えておくが、お浜は実は……遠山様の密偵であったのだ」

「えっ……まさか……⁉」

俄に信じがたいという顔で、脇坂は井上を見つめた。

「まことのことだ。一膳飯屋の二親も昔は遠山様の手下だった。誰もが知っていることだが、遠山様は若い頃、芝居小屋の下足番をしたような桁外れの御仁だった。その頃、まだふたりは夫婦ではなかったが、いわば遠山様が縁結びの神様だったのじゃ」

井上は真剣なまなざしで脇坂を鼓舞するように、

「よいか、脇坂殿。此度の一件は遠山奉行の沽券《こけん》にも関わることなのだ。何やら不正を働いておる『信州屋』が絡んでいることは間違いない。事故だの自害だのというのは、まったく信じられぬ」

「しかし……」

「何をためらっておるのだ。おぬしほどの与力ならば、すぐに怪しむはずだが」

説得するように井上は前のめりになり、

「よいか、頼んだぞ。お浜が自害などするわけがないのだ。私も会《お》うたことがあるが、真面目で生き生きとした娘じゃ。いずれ遠山様に媒酌をしていただき、誰か婿に相応しい御家人に嫁がせようと思っていたのに……」

と話を続けたが、脇坂は首を傾げた。

「そのお話はやはり信じられませぬ。実は……お浜は三十両程の借金をしております。父親の定助が博奕で溜め込んだものだとか」

「えっ。そんな、まさか……」

「事実なのです。此度のことで、私も調べました。丁度、定助に取り立てがきたところに、私も居合わせましてな」

「……」

「そいつらは深川の富五郎《とみごろう》一家の若い衆だったが、『三十両の借金に利子がついて六十両を返せ』と証文まで持ってきたから、私は不法な取り立ては許さぬと追い返したのです……娘が死んだばかりなのに、なんとも無慈悲な奴らでね」

「博奕だなんて……信じられぬ、あの定助が……きっと裏には何かが……」

罠でもあったに違いないという顔つきになる井上だが、脇坂は冷静に、

「お奉行から金を貰っていたわけでもないでしょう。密偵として頑張るために、定助夫婦もお浜も無理をしていたのやもしれませぬ。井上様……肩入れする気持ちも分かりますが、ここは私に任せて下さいませぬか」

と持ちかけた。

「真相は分かりませぬが、決して井上様に迷惑をかけるようなことは致しませぬ。まして、お奉行のためなら……」

「ふむ……」

「宜しかったら、今すぐにでも『信州屋』を訪ねてみますか」

脇坂の誘いに従ってともに向かった「信州屋」は、まさに江戸で屈指の大店らしく店構えも広く、商人や人足らが頻繁に出入りしていた。

主人の正右衛門《しょうえもん》は元々は、普請場人足だったらしく、嵐山と変わらぬほどの体格をしていた。五十絡みの風格もあり、仕事の裏事情にも通じているから、自ら率先

して材木の調達から搬送などをして、番頭や手代らが気を遣うほどであった。

正右衛門は脇坂の姿を見ると、「厄介な者が来た」とばかりに顔を背けたが、番頭の利兵衛《りへえ》が手揉みで近づき、

「脇坂様……どうぞ、こちらへ」

と下にも置かぬ姿勢で、帳場の近くに腰を下ろさせた。

「利兵衛、おまえは幾つになった」

「はあ？」

「年だ。私が本所方に来たのが五年前。丁度、その頃に番頭になったはずだが」

「はい。もう四十になりました。歳月が過ぎるのは早いものですね」

「さようか。いつまでも番頭でいたければ、正右衛門に忠誠を尽くして、精を出して働くことだな。私たち与力や同心が、お奉行のために頑張るのと同じだ」

機先を制するような脇坂の言い草が、井上は気になった。が、すぐに脇坂は、井上の身分を正右衛門に伝えて、

「お浜のことで、改めて訊きたいことがある。正直に答えよ」

と言った。

正右衛門は恐縮したように、仕事の手を止めて、すぐに奥の座敷に招いた。

年番方筆頭与力といえば、町奉行の次に偉い立場である。町奉行は何年かに一度、早ければ一年も経たぬうちに代わることがあるが、町方与力はいわば〝官僚〟であるから、生涯、奉行所にいる。

もちろん、様々な部署を渡り歩き、奉行所内の人事権と財務を取り仕切る年番方筆頭与力は、〝文官〟の頂点である。そのような立場の武士に、正右衛門は恐縮するばかりであった。

「──本当にお浜には可哀想なことをしました……本来なら、住み込みで働かせるところですが、家はすぐ近く。夜は二親の店の手伝いもしたいという働き者でしてね……」

正右衛門は、井上の問いかけに素直に答えた。

「幼い頃から出入りしていたこともあって、うちにも馴染んでおりましたし……まさか帰りにあんなことになるなんて、思ってもみませんでした……自害せねばならぬ何があったのか、私も知りたいくらいです」

真摯な態度で答える正右衛門に、脇坂は後押しするように、

「おまえも親同然だからな、さぞや辛いだろうが……せいぜい供養してやることだな」

「はい。自害とはあまりな……定助、おはる夫婦にも手助けしてやりとう存じます」

正右衛門は脇坂に感謝して頭を下げたが、井上は白けた顔を向けたまま、

「お浜は、おまえの不正を知って、奉行所に駆け込もうとしたのだ」

「えっ……？」

「その前に、おまえが誰かを仕向けて殺したに違いあるまい。正直に申せ」

唐突な井上の言葉に、正右衛門は唖然としていた。

「惚けても無駄だぞ。それ以前にも、お浜から私のところに何通かの文が届いておる。むろん、お奉行にも届けておる。おまえが他の材木問屋と謀って、材木の出し惜しみをして、値を吊り上げておるとな」

「なにを馬鹿な……」

「お浜の勝手な思い込みとでもいうのか？　裏帳簿ほどではないが、書き付け程度のものは、番頭の手文庫から取ってきておる。のう番頭、なくなっているのに気付

いておったのであろう？」

と井上は利兵衛の顔を見た。

「はて……さようなものは元々ありませんし、なくなったと言われても……」

明らかにすっ惚けた様子だが、井上はあくまでも、

――お浜は『信州屋』の不正を調べたがために殺された。

という理屈を押し通した。

「この際、言うておくが、お浜は遠山様の密偵だった。定助もおはるもだ。もし、定助夫婦に何かあれば、正右衛門……おまえを召し捕る。そう心得ておけ」

井上は強い口調で言ったが、正右衛門は戸惑うばかりで、脇坂に救いの目を向けた。仕方がなさそうに、脇坂が頷くと、利兵衛はすぐに察して、帳場から切り餅をふたつ持ってきた。五十両入っている。

「井上様……些少でございますが、これを……」

利兵衛が丁重に差し出した。が、井上はチラリと見ただけで、

「何の真似だ。かようなことをするとは、不都合なことがあるという証だな」

と吐き捨てるように言い返した。

すると、今度は脇坂が取りなすように井上の側に立って、

「長年、年番方与力として勤めてきた慰労金だと思って、受け取ってやって下さい。公儀と材木問屋や普請請負問屋とは切っても切れない仲だということは、井上様も百も承知でござろう」

「……」

「私たち町方にはあまり縁のない話ですが、世の中とはそういうものです」

脇坂が切り餅を掴み取って、井上に握らせようとした。だが、井上はジロリと脇坂を睨みつけてから、切り餅を弾き飛ばした。

「貴様……恥を知れッ！」

振り払った腕が勢い余って、脇坂の頰を殴打してしまった。一瞬にして顔色が変わった脇坂は小柄な井上を見下ろし、

「自害だというのは、医者の検屍をもとに私が見立てたと話しましたよね……それも嘘だと言うのは、まさに越権ですぞ。本所深川を任されているのは、かつての〝深川奉行〟に準じる本所方です。今は、この脇坂喜兵衛が担っておりますればッ」

と捲し立てた。

「それに井上様……正右衛門は、定助の博奕の借金を、これまで何度も払ってやっているのだ。その度に、二度と手を付けないと謝っていた。にも拘わらず、定助はお構いなしで博奕を続けていたのだ」

「……」

「もし殺しだと言うなら、調べるべきは深川の富五郎一家の方でしょうが」

「だと思うなら、おまえが調べ直せ」

「なんですと……」

「――よく分かったぞ、脇坂……おまえもグルだということだ。さらに出世を望めたはずだが、諦めるどころか、自分で潔くさっさと奉行所から去って、この『信州屋』の用心棒にでもなるのだな」

「おい！　いくら上役でも、言っていいことと悪いことが……！」

「言っていいことだ」

井上は小馬鹿にしたように脇坂を見上げると、「また来るからな」と吐き捨てて、立ち去るのであった。

店の表に出て、しばらく歩いていると、

「——井上様……」

と声がかかった。

振り返ると、大きな体を屈めるようにして、嵐山が近づいてきた。

「奥座敷でのこと、聞いておりやした」

「⁉——なんと、まことか……」

「へえ。あっしはこの図体ながら、忍び込むのは得意でして。此度のことでは、佐々木の旦那も二の足を踏んでいるので、あっしが……でもって、錦先生も……」

「なに、〝はちきん〟が……⁉」

驚いた井上だが、まるで凄い味方を得たかのように微笑むのだった。

三

その頃——錦は何故か、深川悪所と呼ばれる遊郭に来ていた。
いわゆる花街が造られたのは明暦年間の昔で、元々は富岡八幡宮門前の料理茶屋が立ち並ぶ土地だったのが、いつしか岡場所として栄え、江戸の男衆で賑わう街となった。富岡八幡宮辺りを中心に、仲町、新地、土橋、櫓下、裾継、石場、佃町が七場所と呼ばれていた。

最も繁華な岡場所である仲町に、錦が訪ねてきた『船瀬《ふなせ》』という遊女屋があった。その二階の一室で、錦は調べ事をしていたのだ。

遊女屋の主人・尊兵衛《たかべえ》は、もう還暦を過ぎている老体ながら、嫌らしい目で錦を舐めるように見ながら、

「お医者さんということですが、なんだか勿体ない……遊女なんてのはとんでもないですが、深川芸者の置屋か茶屋の女将をやれば、大繁盛間違いなしです」

と半笑いの声で言った。

錦は凛とした目を向けて、キッパリと拒むように、

「そういう言い草はやめて下さい」

「はは、その強気なところがまた男心を擽《くすぐ》るのです」

「いい加減にしないと、この見世の厄介なことを、お奉行にお知らせしてもよいのですよ。さあ、答えて下さい」

「答えろと言われても……」

「先程、尋ねたことです。もう一度、言いましょうか？　この見世で働かされていた、お仙《せん》という娘のことです」

「お仙……」

「源氏名は知りませんがね、お浜さんとは幼馴染みと調べてきました」

「お浜というのは……？」

「本当は承知しているでしょ。『信州屋』で働いていた女中で、先日、死にました。自害ということですが、私は疑っております」

「……」

「この見世のお仙さんも、自室で自害をしていたとのことですよねえ」

「――また、その話ですか……もう三月も前のことですよ」

尊兵衛は面倒臭そうに、煙草盆の前に座り込んで、煙管に火を付けながら、

「お仙のことなら、誰でしたかな……図体の大きな岡っ引を連れた、ああ……佐々木某という北町の旦那に話しましたがね」

「佐々木康之助様です。もちろん、私も佐々木様から話を聞いた上で、改めてそのときの状況を知りたいのです」

錦がさらに強く尋ねると、尊兵衛は煙を燻らせて、

「丁度、この部屋ですよ……お仙は客が訪ねてきたのに扉を開けやがらない。だから、私と若い衆ら三人で開けようとしたが、内側から心張り棒を掛けていたのだろう」

「襖一枚くらい軽く外せるんじゃありませんか」

「ええ。だがね、お仙はわざわざ内側から、釘まで打ってたんですよ」

「中に入れないようにですか。それほど客を取るのが嫌だったということでしょうか」

「さあね……とにかく、私たちがこじ開けて中に踏み込んでみると……窓は雨戸まで閉め切っており、真っ暗の中、血の海となった床で、お仙は倒れてましたよ」

すぐに若い衆を番屋まで走らせ、まずは番人と地元の岡っ引が来て調べ、間もなく本所方の与力や同心が来たという。

「では、与力の脇坂様も来たのですね」

「ええ。そうです」

「部屋は真っ暗なのに、床が血塗れだということがどうして分かったのですか」

「えッ……どうしてって、襖を開ければ、外の光が入りますからね」

「今は昼間ですが、廊下側からの光はほとんど入りませんがね。本当に雨戸も閉まってて、真っ暗だったのですか」

「――何が言いたいのですか、八田先生とやら……こう見えて忙しいんですよ」

嫌なところを突かれると、人は声の調子や態度がわずかでも変わる。本人が気付いていないだけで、錦のように注意深く見ている者からすれば、明らかに動揺したように見えた。

「本当は雨戸は閉まっていなかったのではありませんか？」

「いや閉まっていた。こういう見世ですからね、閉じていたところで不思議ではない」

「ですが、客によっては、窓辺で寄り添って月でも見ながら楽しむのでは？」

「アハハ。先生……そりゃ風流でいいですがね。こういう見世ですぜ。客はどうせ酒を引っかけてきているし、部屋に入るなり、すぐにでも抱きたいもんなんですよ、エヘヘ」

尊兵衛は下卑た笑いを浮かべながら、また錦の体を上から下まで眺めた。が、錦

はもはや気にする様子もなく、

「ここに来た脇坂様はどうしたのですか」

「どうしたって……雨戸を開けて、色々と調べてから、喉に刃物の傷があり、すぐ近くの布団の上に短刀が落ちていたので……そりゃ、素人目の私らから見ても、自害だってことは明らかでしたがね……」

「自害……」

「たまにいるんですよ。我が身を儚んで死ぬ女郎がね」

呆れたように言う尊兵衛に、錦は淡々と、

「そんな目に遭わせているのは、あなた方ではありませんか」

「ふん。そんなふうに言われちゃ身も蓋もありやせんが、こっちは多額の借金の形《かた》に〝身請け〟しているもんでね。死なれた日には、大損でさあね」

女を物扱いすることには慣れきっていて、何の感情もないのであろう。錦の方もふんとわざと鼻で笑ってみせて、

「なるほどね、分かりました」

と言って、すっかり新しい畳に替えている床を見てから、立ち去ろうとした。

「何が分かったってんです？」

　声をかけた尊兵衛を、首だけで振り返り、

「あなたたちが殺したんだろうってことがですよ」

「――なんだと、てめえ……！」

「遊女は自害したら、親元が倍返しをしなきゃいけないそうですね。二十両借りていたら、四十両を返さなければならない。だから、遊女はめったなことでは、自害なんかしない」

「……」

「その取り決めとやらも、見世にとって好都合ですものね。損をしたくないから、殺したものの、自害に見せかけて金を取り立てようって魂胆ですか」

「いい加減にしろよ、姐ちゃん」

「私も検分書を見ましたけれどね、喉をついただけで床一面が血の海ってのは、どうもね……それに、お仙さんが使った刃物は何処にあるのでしょう。奉行所には届けられておりません」

「……」

「検屍は脇坂様だけがやって、佐々木様は報せを受けただけ……つまり、お仙さんは殺されたけれど、自害に見せかけられた。それに脇坂様も一枚嚙んでいた。あるいは、指示をしたのが脇坂様か……それとも、あなたがやった後始末を、脇坂様がしたのでしょうかね」

錦はあくまでも推察だと冷静に付け足したが、尊兵衛は顔を真っ赤にして、

「馬鹿も休み休みに言いなよッ。番所医かなんだか知らねえが、女だからって甘い顔をしてりゃ、付けあがりやがって！」

と怒鳴りつけた。

そのとき、足音を立てて駆け上がってきたのは、嵐山だった。

「先生、帰りやしょう。こっちも大方、見当がつきやしたんで、さあ一緒に」

「——てめえ……」

尊兵衛は今にも摑みかかりそうだったが、明らかに嵐山の方が凄腕に見える。嵐山は額を突きつけて、

「文句があるなら、北町奉行所まで来な。同じく自害と決めつけられたお浜とお仙……ふたりの関わりを篤と話して聞かせてやるぜ、お奉行様が直々にな」

た。

「えっ……」

二の句が継げず、尊兵衛は、ふたりが階段から降りていくのを見送るしかなかった。


すぐさま、〝鞘番所〟に駆けつけてきた尊兵衛は、いきなり脇坂に、

「話が違うじゃないですかッ」

と悲痛な声で迫った。

「何があった」

あまりにも切羽詰まった様子の尊兵衛に、脇坂は落ち着かせるために、冷や酒をぐいっと飲ませてやった。それでも、

「なんだか知りませんが、町奉行所の女医者が来て、お浜もお仙も自害ではなくて殺しだなんて言い出したんですよ。しかも、俺がやらかしたふうなことを！」

と、がなり立てる尊兵衛の肩を、脇坂は軽く叩きながら、

「なにを慌てておるのだ。すべては処理しておる。おまえがそんなでは逆に疑われるだけではないか」

「しかし、脇坂様……」

「案ずるな。何があろうと、おまえには迷惑はかけぬ。下手に動くと足を掬われるから、いつものように暮らしておれ」

脇坂は明らかに何事でも揉み消せるという自信に溢れている顔つきで、

「此度のことは、おまえたちがどうのこうのと言う類のものではない。幾つかの材木問屋の首が懸かっているし、俺の首もな……だが、大きな後ろ盾がおるから余計な心配はするな」

「じゃ、私もうちの若い衆らも、お縄になるなんてことは……」

「絶対にない。お浜もお仙も自害したのだ」

「ですが、あの女医者はしつこそうでした。万が一、本当のことを摑んだら、それこそ後ろ盾に町奉行がいるようなことも匂わせていたので、気になって……それに……」

「それに……？」

「下手をしたら、私らだって口封じに、脇坂様の手で殺されるんじゃないかと……」

「俺とおまえの仲ではないか。安心して、女郎屋の主人を続けるがよい」

「さいですか……さいですね……」

それでも尊兵衛は、錦のことがしきりに気になっているようだ。脇坂は察して、

「女医者は器量好しだが、〝はちきん〟という渾名で、男勝りで奉行所でも評判だがな、俺は前々から、あまり好きではない。何かあれば、俺が……だから、また何か尋ねにくることがあっても、知らん顔をしておけ」

と念を押して、さらに酒を勧めるのであった。

四

その夜、井上が組屋敷に帰ってくると、闇の中で人影が動いた。とっさに身構え、腰の刀に手をあてがったが、

「私ですよ、井上様……」

と現れたのは、錦であった。薄雲から洩れている月明かりで、なんとか顔が分かる程度だった。井上は「なんだ」という態度だが、いつもの軽々しい感じではなく、

異様に緊張している雰囲気だった。

「大丈夫ですか……やはり誰かから狙われているのですか」

錦が訊くと、井上は周りを見廻してから、屋敷の中に招いた。

「一体、『信州屋』で何を調べているのです」

落ち着いた物腰だが、心配そうに訊く錦に、井上は額に皺を寄せて微笑を返しながら、

「本当は知っているのでしょ、錦先生……嵐山からも聞きました。お浜のことを……そして、お仙のことも調べているとか。相変わらず、余計なことに首を突っ込みますなあ」

「番所医として当たり前のことだと思いますが」

「だが危ない真似は、佐々木ら同心に任せておくがよろしかろう」

いつになく気遣う言葉を言いながら、自嘲気味に、

「私はもういいのだ。先生はもう分かっているでしょうが、もう長くない」

「そんなことはありません」

「いや、自分のことだから承知してる。それに、己の町方与力人生を振り返ってみ

ると、まこと世のため人のためだったのかと、今更ながら反省しきりでな」

「井上様は大変、立派なことをしてきたと思います」

「はは、世辞はいい。周りに何と言われようと、陰口を叩かれようと、私は奉行所内で出世することしか考えなかった。だから代々、仕えた町奉行にはゴマすり一辺倒でな……だが、遠山様だけには通じなかった」

苦笑しながらも、井上は楽しそうに、

「なぜだと思う?」

「え……?」

「遠山様が私を無能だと知りつつも、年番方に留め置いてくれたのがじゃよ」

「やはり実績が重いからでしょう」

「ふはは。実はな……遠山様が、ならず者同然に町場で暴れていた頃、散々、手を焼かされたのが、この私だからだ」

「えっ。そうなのですか、初耳です」

「私も初めて言った。はは、だから、遠山様は私には頭が上がらぬのだ、ハハハ……ま、それは半分冗談だが、遠山様の御父上の遠山景晋《かげくに》様も長崎奉行や勘定奉行という重職に就いていた御仁だが、私とも縁があってな。ご子息の見張り番みたいなことをしておったのだよ」

懐かしそうに笑った井上が、すぐに真顔に戻ると、

「だから、最後の恩返しをしたいのだ」

「恩返し……」

「遠山家の父子には世話になったからのう。私が父よりも多少、出世できたのは遠山家のお陰でもある。だから、遠山奉行の最大の危難をお助けするのが、最後の務め。与力冥利に尽きるというものだ」

命を懸ける覚悟を決めたような井上の表情に、錦は圧倒される思いだった。

「ですが、井上様……探索ならば、佐々木様たちにお任せすれば……」

「単なる殺しではない。かように若い娘たちを亡き者にしてまで、不正を働いておる不埒な奴らを……ゴホゴホ……」

激しく咳き込む井上の体を、錦は労りながら、いつも携帯している薬を飲ませて、体を横にさせた。

「――すまぬな、先生……いつもからかってばかりで……私は娘とふざけているつ

もりだったが……どうも顰蹙《ひんしゅく》だった……」

「そんな気弱なことは言わずに、きちんと治して下さい」

「先生……慰めはいい……それより私は、なんとしてでも脇坂めを……奴をとっかかりにして、その後ろにいる者を炙り……ゴホゴホ」

「それこそ、お奉行が自ら動くと思います。どうか、心を安らかにして下さいませ」

錦がしっかりと抱きしめて布団に寝かしつけると、井上は微笑を浮かべて、

「先生にこんなことを……はは、ちょっとくらいの役得は、仏様も大目に見てくれるかのう、ふほほ……ゴホホホホ」

咳き込む井上の様子から見て、肺の臓もかなり疲弊していると察した。安静が一番と念を押し、中間にも目を放さず様子を見ているように伝えた。

だが、翌日——。

井上の姿は再び、〝鞘番所〟にあった。

呆れ果てた様子の脇坂だが、なぜか井上のことなど歯牙にもかけぬ態度で、

「これはこれは……お浜のことなら、何度も申したように、親父の借金を苦にして

の自害に相違ない」

「それがな、材木置き場の上から突き落として、捨て置いた奴がいると、嵐山が見つけ出してきたのだ。その上で、番所医の八田錦先生が、改めて死体の検分書を、遠山様に差し出し、探索をやり直すこととなった」

堂々と井上は言ったが、脇坂は「何も聞いていない」と白けた顔をした。

「だから、私が今、伝えておる。お奉行直々の命でな、不審点があるので、お浜とお仙という遊女についても、定町廻り方で調べ直すこととなった」

「さようですか……」

「その上で、『信州屋』のことは、目付が調べることと相成ったから、脇坂殿……おぬしは手出しはせんでよいとのことだ」

井上が年番方筆頭与力として、毅然とした態度で命じると、脇坂は一瞬、ほくそ笑んで咳払いをしたが、

「承知仕りました。私の不手際のために、お手数を取らせて申し訳ございませぬ」

「白々しいことよのう……だが、後は他の者に任せて、おぬしは事の子細が明らかになるまで、デンと構えて待っておれ。余計なことをすれば、それこそ出世に響く

ぞ。いずれはおまえが、私の後釜になるだろうからな」

「恐縮至極でございます」

深々と頭を下げた脇坂だが、何か思惑があるのであろう、素直に頷くのだった。


その暮れ六つ——。

江戸城は山下門内の拝領屋敷に、数人の侍に伴われて、脇坂が入っていった。町方与力が江戸城内に入ることは、余程のことがないと有り得ない。つまり、特別扱いをされているということだ。

脇坂が潜った長屋門の奥にある屋敷は、誰あろう、若年寄・長谷川豊後守《はせがわぶんごのかみ》が城中に滞在する折に使っている御殿である。

玄関脇の座敷に通された脇坂は、いつもの唯我独尊のような態度ではなく、子鼠《こねずみ》のように小刻みに震えていた。何度も溜息を繰り返しては、落ち着きなく足を組み直している。

用人の声がかかってから襖が開くと、妙にニコニコと笑みを湛えている小柄な侍が入ってきた。紋付きの羽織姿だが、まったく貫禄などない。風采の上がらぬ小役人にしか見えなかった。

それでも、脇坂は平伏して控えている。

「久しぶりじゃのう、脇坂……」

「はは。殿にはご機嫌麗しゅう存じますれば、拙者も嬉しく存じます」

「堅苦しい挨拶はよい。面《おもて》を上げい」

脇坂が恐縮しつつも顔を上げると、長谷川は懐かしそうに相好を崩し、

「相変わらず愛想のない面構えよのう……もっとも、その顔だからこそ、町奉行所で出世できたのかのう」

「恐れ入ります。何もかも、殿様のご配慮あってのことです」

「おまえが我が藩の国元で馬番をしていた頃が懐かしいわい。よくぞ長年、耐え抜いて、江戸の様子を伝えてくれたのう」

「いいえ。殿様のお陰で、人殺しにならずに済みました」

「余計なことは申さずともよい」

ふたりは昔何かあったようだが、この場では詳細は語らなかった。だが、長谷川の方から、今一度、声をかけた。

「何か厄介事が生じているそうじゃのう」

「はい。余計な者を始末したのですが、町方が執拗な探索を……」

「余計な者……？」

「はい。お浜という娘を覚えておいでですか」

「おお、『信州屋』の下働きの……」

「はい。殿が店をお訪ねになったときに、少しばかり見初めて、それが縁で、牛込の上屋敷の方でしばらく女中として仕えておりました」

脇坂が取りなしたことで、若い娘好きの長谷川は喜んでいたのだ。しかし、やはり武家屋敷は合わぬとのことで、すぐに宿下がりをして、『信州屋』に戻って奉公していた。

「そのお浜は……事もあろうに、殿と『信州屋』のことを密かに調べていたのです」

「なに……？」

「どこまで摑んでいたのかは不明ですが、なんと、お浜は遠山左衛門尉の密偵だとかで……私も油断しておりました」

「⁉……」

「お浜は、自分が私に目を付けられたと察して、お仙という幼馴染みの女郎に、裏帳簿を託したようですが……それもすべて、こちらで片付けました」

脇坂は、井上が来て話していた内容を伝えてから、

「年番方筆頭与力が自ら動いているし、遠山様が信頼している八田錦という番所医も、うろついております……ハッキリとは言っておりませんでしたが、もしかしたら長谷川様のことも勘づいているのでは……」

と申し訳なさそうに言った。

だが、長谷川はわずかに口元を歪めたものの、

「案ずるに及ばぬ……と言いたいところだが、遠山が裏で差配し、目付まで動いているならば、少々、不味いな」

「はい……」

「もしかしたら、『信州屋』正右衛門は、いずれ口を割るかもしれぬな」

「それはないかと存じます。知っていることを話せば、自分の身も危うくなります」

「だからこそだ。我が身が一番可愛いものだ……遠山が正右衛門を責め立てれば、儂の名も出てこよう。すべて儂が命じたことだと言い張れば、帳簿や色々な約定書も正右衛門が持っているのだから、なんとでも言い逃れができよう」

「まあ、そうですが……」

「なにより、悪い噂が立つだけで、儂の立場が悪くなる。老中の座はすぐそこなのだ。我が藩の財政も苦しいのでな、ここで階段を踏み外すわけにはまいらぬのだ」

小役人のような情けなかった長谷川の顔が、ギラついた不動明王のようになり、

「正右衛門の代わりなど幾らでもいる。適当な頃合いを見計らって、それこそ自害にでも見せかけて殺しておけ」

「……」

「ついでに、あいつもな」

「あいつ……？」

「おまえと腐れ縁の奴だ。近頃は金の無心が多くて、厄介払いしたいところだ。食い詰め浪人が自殺をしても、誰も疑うことはあるまい。おまえが得意な手筋でな、むふふ」

と命じたが、脇坂は煮え切らない様子だった。

だが、部屋を取り囲むように立っている家臣たちの顔つきも鋭いものに変わっている。脇坂は身の危険を感じて、

「ハハア。殿の言いつけに従います」

と返答し、深々と頭を下げるのであった。

五

大横川沿いにある粗末な木賃宿――ここは不法な賭場を開いているとの噂がある。裏手の出入り口を、少し離れた柳の下から、嵐山がじっと睨んでいた。

「どうだ。目星はついたか」

背後から、佐々木が近づいてきた。

嵐山は木賃宿の方を向いたまま、苦々しく奥歯を噛みしめながら、

「万次郎《まんじろう》って遊び人がいるはずなんですが、こいつが、お仙にぞっこん惚れてたんですがね。金が足りないときには塀をよじ登ってでも、窓から入ってたとか」

「窓からな……だが、この前は閉まっていたらしいが」

「遊び仲間の話じゃ、ちょいとした稼ぎがあったので、お仙を身請けして下総の田舎に帰ったってえが、嘘だ。お仙は死んでるし……」

「おい。もしかして、その万次郎ってのが窓から入って殺して、自害に見せかけるため雨戸を閉めて逃げ、どっかに身を隠してるとでもいうのか」

「旦那……いつも、そういうふうに冴えてればいいんですがね」

「なんだと、てめえ……」

殴りかかろうとする佐々木の両肩を押さえて座らせ、

「まあまあ、落ち着いて下せえ。お仙に惚れていた男は、万次郎だけじゃありやせん。岩下省三郎《いわしたしょうさぶろう》という浪人者も、この賭場に出入りしてたんですがね、やはり金廻りがよくて、長谷川豊後守の上屋敷に出入りしてたとか」

「なんだと、若年寄のか……」

「へえ。しかも、万次郎と張り合って、お仙を身請けしようとしたんだが、お仙は万次郎の方を選んだので、カッとなって斬り掛かったこともあるとか」

「本当か、それは！」

「それで、お仙や万次郎が怪我をしたわけじゃないが……あっしは、岩下って浪人者が怪しいと踏んでやす。ふたりは恋敵とはいえ、金では繋がりが深かったようですからね」

「なるほど。だから万次郎を張り込んで、岩下の行方を探そうってわけか」

そんな話をしていると、遊び人風がぶらりと木賃宿から出てきた。袖の中で、チャリチャリと小判の音を鳴らしている。

「あいつが万次郎です……博奕には勝ったようですね……」

嵐山がさりげなく尾いていくと、万次郎は気配を察したのか、足早になった。それでも嵐山が追いかけると、さらに勢いを増して逃げ出した。

「おい、万次郎！　逃げても無駄だ！」

大声を浴びせる嵐山のことを振り返ることもなく、万次郎は駆けた。が、いつの間に先廻りしていたのか、その前に佐々木が十手を掲げて立った。

「あっ……なんだよッ。俺を捕まえるくれえなら、あの賭場に踏み込めよ。胴元が深川の富五郎だってことは知ってるだろうが」

万次郎は暴れそうになったが、嵐山が追いついて羽交い締めにし、

「おまえを捕縛するのは、殺しの咎だよ」

と強く縛り始めた。

「こ、殺しィ……⁉」

素っ頓狂な声を発した万次郎は、何のことだと必死に叫んだ。

「だ、誰を殺したってんだ、このやろう！　俺は嘘もつくし、博奕もやるし、酒も飲むし女も好きだが、殺しと盗みはしねえんだ、このスットコドッコイ！」

「お仙だよ。仲町の『船瀬』の女郎だ。窓から忍び込めば、盗人も同じなんだよ」

「えっ……お、お仙……あいつは自害したんじゃねえのか⁉」

「ほら。知ってるじゃねえか……自害に見せかけて、おまえが殺したんだ」

「じょ、冗談じゃねえやッ」

必死に逃げようとするが、万次郎はふたりに地面に打ち伏せられた。

「し、知らねえ……俺じゃねえ……！」

叫ぶ万次郎の耳元に、嵐山が囁くように言った。

「愛しいお仙をおまえが殺すわけがないよな。だが、金のためなら仕方なく……ってこともあるだろうよ……誰に頼まれた」

「た、頼まれてなんかないぞ」

「じゃ、てめえが勝手に殺したのか」

「知らねえ。本当に知らねえんだ。放してくれえ！」

抗おうとするが、なかなか動けない万次郎の背中を、佐々木がガツンと十手で叩きつけた。ウッと苦しそうに藻掻く万次郎の耳を、嵐山が引っ張りながら、

「もう一度、訊くぞ。本当におまえは殺していないんだな」

「殺すもんか……だって俺は……俺は本気で、お仙に惚れてたんだ……だから博奕で勝った金で身請けしようとしたんだ。本当だ……そんな矢先、お仙があんなことに……」

万次郎は突然、堰を切ったようにワアワアと声を上げて泣き出した。

「おめえ、本当に知らないのか……」

嵐山が優しい声をかけると、万次郎はしゃくり上げながら、

「知るもんか……俺は本当に夫婦になりたかったんだ……可哀想な身の上でよ。だから、俺は……俺は……けど、お仙がいねえ世の中なら、もう俺なんかどんなになったって、構わねえや。好きにしやがれ！」

と居直ったように喚いた。

「だったら岩下省三郎は知ってるか」

「えっ……あいつなら、偉くなってんじゃねえのかい」

意外な万次郎の言葉に、「どういう意味だい」と嵐山が訊き返すと、

「奴は、脇坂って本所方と大の仲良しだ。元は同じナントカ藩の藩士で、若い頃、ふたりして追い剝ぎの真似事をしたために、藩から追放されたって話だ」

「なんだと……!?」

今度は、佐々木の方が万次郎を引きずり上げて、

「それは、まことか」

「岩下の旦那は、恋敵だったが、案外、お人好しのところがあってな。酒を飲むたびに、自慢げに話してたぜ。昔、仕えてた殿様が今じゃ、若年寄様だってな」

「——居所は分かるか」

佐々木が胸ぐらを摑んで訊くと、万次郎は住まいは知らないが、行きつけの水茶屋なら知っていると仄めかした。

「そうか。だが、おまえのことも全て信じたわけじゃない。しばらく、番屋で臭い

飯を食って貰うぜ」

「ええ、そんな……！」

逆らおうという気力をすっかりそがれている万次郎は、ガックリと項垂れた。

深川には、富岡八幡宮の参拝客を当て込んだ料理茶屋も多い。庶民の街ではあるが、辰巳芸者たちが座敷に出る料亭があり、遊郭帰りに立ち寄る居酒屋が並び、綺麗どころの娘が酌婦をする水茶屋もあった。

万次郎から教えて貰った水茶屋は、やはり大横川沿いにあったが、そこに近づいていくと、人だかりができていた。職人風や茶屋娘らが集まって、堀割を覗き込んでいる。

「――おい。どきな、どきな……」

嵐山が野次馬を割って進むと――目の前の堀割から、丁度、土左衛門が引き上げられている最中だった。

「あっ……！」

思わず声を上げた嵐山を、船着き場から見上げた脇坂が、「なんだ、おまえか」

という顔で目を細めた。〝鞘番所〟詰めの同心や番人たちが引き上げた土左衛門は、野袴姿で見るからに浪人だった。

——もしや……！

と思った嵐山は石段を駆け下りて、土左衛門を覗き込むと、

「もしかして、こいつは岩下省三郎って浪人じゃ……」

「ああ、そうだが。おまえも知っておるのか」

脇坂は平然とした顔で答えた。検分を始めようとする方へ、嵐山が近づこうとすると、脇坂が険しい声で、

「誰に断って入って来ているのだ」

「……その浪人に会いにきたんでさ。しかも、脇坂様、あなたの昔馴染みだっていうじゃありやせんか」

「さあ、知らぬな。こんな奴、会ったこともない」

「なんだとッ。まさか、おまえ……！」

冷たく言い放つ脇坂に、思わずカッとなった嵐山が突っかかろうとすると、同心ふたりが立ちはだかって、

「無礼者！　おまえはいつから深川の岡っ引になったんだ。することは他にあるのではないのかッ」

と一歩たりとも踏み込ませようとしなかった。

脇坂はフンと鼻で笑ってから、じっくりと浪人の体を検分しながら、

「――なるほど……こいつは、覚悟の上の入水ってところだな。懐や袖に沢山、石ころが入れてあるし、その前に自分の腹も刺しているようだ……なにより遺書がある」

と船着き場の片隅に、履き物の下に置いてあったという封書をこれ見よがしに掲げ、

「どうやら、仕官が上手くいかず、遊女との恋にも破れ、この世を儚んだか」

と誰にともなく聞かせたが、嵐山はそのわざとらしさに腹を立て、

「旦那……仮にも侍なら、切腹でいいじゃありやせんか。わざわざ石を懐に詰め込んで、水に入るってなあ得心がいかねえ」

「これから死のうって人間の気持ちなんぞ、分かるものではない」

「てめえ、いい加減なことを！」

カッとなった嵐山は見境なしに、同心ふたりを〝テッポウ〟で突き飛ばし、脇坂にも殴りかかろうとした。その頭に、小石が飛んで来て当たった。

「痛えな、このやろう！」

と振り返ると、堀割沿いの道には、佐々木が立っており、

「よさないか、嵐山。その土左衛門の探索は俺たちとは縄張り違いだ」

「でも、旦那……！」

「いいから戻れ。脇坂様は昔、定町廻りにもいた御方。お手並み拝見といきましょう。何をグズグズしておる。嵐山、こっちへ来い」

強く命じる佐々木には何か考えがあるのかもしれない。嵐山はそう思って、渋々ながら船着き場の石段を登るのだった。

暮れゆく大横川の川面は、満ち潮によって少しずつ高くなってきた。眺めている人々の不安が込み上げてくるかのようだった。

六

北町奉行所に出向いてきた八田錦が、玄関を入ったところで、見慣れない顔の役人が近づいてきた。三十路くらいであろうか。

背筋がスッと伸びた、一見すると役者絵にでも出てきそうな男前だが、何処か摑みどころのない嫌みな雰囲気が漂っていた。それは錦が感じていたことであって、他の与力や同心は、特に避けている様子はない。

「お初にお目にかかります。八田先生の噂は耳にしておりましたが、いやあ、驚いた。聞きしに勝る美人でござる。〝堅固伺い〟のときに、一同がざわめくのが分かります」

悪意もなく思ったままを言ったようだが、錦は聞き慣れたことには答えず、

「どちら様でしょうか」

と淡々と訊き返した。すぐに役人は軽く頭を下げながらも、

「その素っ気なさがまた魅力ですな。それとも、拙者のことを意識された裏返しでしょうか。はは、なんとも艶めかしい」

「さようですか。お礼を言いたいところですが、名乗ることもできない御仁に、愛想笑いも失礼かと思いますので、これにて。お奉行に用向きがありますので」

錦が冷たくあしらって行こうとすると、その前にスッと出て、

「これは失礼をば致しました。拙者、市村菊之丞《いちむらきくのじょう》という者。この度、年番方筆頭与力を拝命し、お奉行からお連れせよと申しつかって、お待ちしていたしだいでござる」

と見得を切るように朗々と言った。そのわざとらしさが鼻につく。人を小馬鹿にしているようにも見える。心底、

——何を考えているのか分からない。

というのが錦の印象であった。

「本当に役者のようなお名前ですこと。それにしても、年番方筆頭与力とは、退官間近の御仁がなるものかと思っていましたが」

「はい。ですが、井上多聞様の推挙もありまして、遠山様のお眼鏡にも適ったということでしょうか。光栄至極に存じまする」

「そうですか……でも、北町にはいませんでしたよね」

「はい。南町にもいませんでした。元々はお旗本で目付の有馬玄蕃《ありまげんば》様にお仕えしていた者ですが、与力の市村仁左衛門《にざえもん》の婿養子になり、此度、町方に参りました。女

房持ちですので、お気になさらず」

「お気になさらずって、何をですか？」

言っている意味が分からないとばかりに、錦の方が先に歩き始めると、市村は後から追いかけながら、

「拙者、こう見えて、目付に仕えておりましたので、公儀に纏わる諸事情には通じております。此度は、お奉行からのたっての頼みで、今、探索中の材木問屋とそれに纏わる一件につき、錦先生とともに探れと命を受けております」

「遠山様から……？」

「はい――」

「私は何も聞いておりませぬが。それに、私はただの番所医ですから、いつも探索の手伝いをしているわけではありませんし、私とともに探れと言われましても……」

困るとばかりに突き放して、遠山奉行の執務室に行くと、そこには誰もいなかった。今し方、始まったばかりの〝お白洲〟に出たと内与力の高橋隆之介《たかはしりゅうのすけ》が言った。

これは丁度よいとばかりに、市村はもう少し話をしたいと錦に申し出てきた。

「先生の検分書を拝見しましたが、実に詳細に鋭いところを突いておられますね。あ、見たのは今般のお浜のものだけではありません。これまで先生が関わったものを、吟味方や書留役とかに見せて貰って……正直申しまして、検屍の見立てなんてのは、案外、いい加減なものなのですよ。死因さえ分かればよいと考えている医者が多いのですが、錦先生のは、誰が手をかけたのか分かるように診断されているのが素晴らしい」

褒めちぎる市村を見ていて、ますます信用ならない人間だなと、錦は感じていた。むろん、何もあれこれ言い返さないが、

「此度のお浜さんのを見たと言いましたが、どう思われますか」

と訊いてみた。

「明らかに自殺ではありません。先生の見立てどおり、失血がもとの凍死というのは事実ですが、残念ながら誰がやったかまでは分かりませんでした」

「だから探索しているのです。でも、死んだ原因は、自ら転倒したことではありません。きちんと検分書を見れば、誰かに押されたことは明らかです」

「はい。背中に若干、圧迫された痕が残されている。もちろん逆らったときに付い

たであろう傷も……」

「おっしゃるとおり。で、お浜さんの身辺の方々を探ってみれば、自ずとハッキリしてきます。掌にですら残っているのですから」

「掌……ですか？」

不思議そうに市村が首を傾げると、

「執拗に圧迫され、血流が止まってしまうとなかなか元に戻らないので、クッキリと痕が残ることがあるのです」

と錦は説明した。そして、市村の手を握って、自分の掌と合わせてみせ、

「丁度、あなたくらいの大きさですね」

「まさか、私が下手人だと？」

「それは、あり得ません。あなた様は、深爪が癖のようですね」

錦はさりげなく市村の指先を摘まんで、

「でも、下手人は爪を立てていました。お浜さんの首筋にね……それが誰かも見当がついておりますので」

と微笑んだ。

市村はわざとらしく、ゾクゾクッと背中を震わせて、

「なんだか、浮気の取り調べを受けているような気がしてきた。はは、女房でなくて、ほんによかった、よかった」

「では、何か勘づいたら、私から奥様にお知らせすることにしましょう」

錦は出直すと高橋に言って翻った。市村は見送ると追いかけようとしたが、錦は毅然と断った。そんな態度を目の当たりにした市村は、喉の奥で声を鳴らして、

「これは楽しみができた」

と子供のような笑みを浮かべた。

「一体、何が楽しみなのですかな、市村殿」

「錦先生ですよ……これから出仕する楽しみが増えたということです。みんなの気持ちがよく分かります」

市村はそう言いながらも、どこか摑みどころのない鋭い顔つきになって、錦の後ろ姿を目で追っていた。

富岡八幡宮は夜になると、昼間の喧噪とは打って変わって、どこの深山かと思え

るほど静かになる。ただ、遠くから潮騒の音が聞こえることがあり、海風で木々が揺れることもあって、不気味なくらいだった。

まだ灯籠はついているが、参拝する者はまったくいない。その境内に、提灯も持たずにぶらりと歩いてきたのは、井上だった。

参道にはまだ灯りが残る店もあるが、本殿のあたりは、ほとんど真っ暗だった。

「——来てくれましたかな……」

井上が本殿の裏の方に浮かぶ人影に声をかけると、少し酔っているのか、酒徳利を肩にかけながら現れたのは、脇坂だった。

「わざわざの年番方筆頭与力からのお呼び出し、なんでござろう」

「いや私はもう、年番方筆頭与力は辞めております。すでに市村という若い者が、正式に拝命しておるのでな。ひとりの人間として、大番所ではない所で、ふたりで会いたかった」

「……」

「考えてみれば、おぬしとも因縁があるといえばあるな……幾つかの事件で対峙したこともある」

「そうでしたかな」

「うむ。その都度、おぬしは私に逆らった。虫が好かなかったのかな？」

「そちらこそ……ひっく……」

脇坂は大きなしゃっくりをして、ふらふらと本殿の階段に座り込んだ。

「誰かが、年番方筆頭与力になったと言われたが、もしかして、私がなるのを阻止するために細工をしましたかな、井上様……」

「細工をしたのは、おぬしであろう」

井上は声を明瞭に発して、詰問するかのように、

「お浜、お仙……それに続けて、岩下省三郎なる浪人者まで殺して、なんとも思わないのか、おぬしは……」

「私が……？　お戯れを……たしかに、お浜とお仙の自害には疑わしきことがあって、本所方でも調べ直しておりましたが……どうやら、岩下省三郎なる者が、ふたりを殺した節がありますな」

「ほう。ならば、何故に……？」

「みなが死んだので、ハッキリとは分かりませぬが、岩下は浪人のくせに、水茶屋

の女に入れあげるような女好きゆえ、町娘や遊女とも懇ろになって、果ては恋の二股の縺《もつ》れで殺した……のかもしれませぬな」

脇坂は適当なことを言ってから、

「井上様……もう辛気くさい話はよしましょう。あなた様も隠居の身になったのなら、これまでの苦労の垢を落とすために、もそっと楽しみませぬか……悪いようにはしませぬ」

「悪いようにはせぬ……とは？」

「つまらぬことを探るよりも、金のなる木ならぬ、材木を大事にしてですな……」

「――おぬしは、どうして、そこまで悪いことができるのだ」

ほとほと呆れた口調になって、井上は近づいていった。脇坂は徳利の栓を抜いて、ぐっと呷って、

「悪さとは何ですかな、井上様……楽して儲けることですか、人を欺いて金を巻き上げることですか……もしかして『信州屋』のことを言っているのなら、筋違いですぞ」

「どう違うのだ」

「材木が不足すれば値が上がる。値が上がれば、買い控えが起きる。それでも売れるよう、商人は工夫している。『信州屋』がわざと値上げしたとして、それで儲けて何が悪いのです。誰が困るのです」

「……」

「普請を担う者たちは、公儀から金を貰っている。公儀は値上げを承知で材木を調達している。その辺りの騙りとは、まったく違うものですぞ……世のため人のためです」

「さようか……そういうのを御託を並べるというのだ」

井上はさらに強い口調で、

「たとえ、理由がなんであれ、人殺しは決してしてはならぬ。おまえは、それでも平気で殺めた……しかも自害に見せかけた。何故、そこまでするのか、私には不思議だった……だが、ようやく分かった。おまえには、人の血というものが流れておらぬからだ」

とさらに近づくと、脇坂は徳利を投げ捨て身構えた。

「斬れるかな、さような老いぼれの腕で……」

「まさか……私はどのようなことがあっても、人殺しはせぬ。ただ、おまえたちのやらかしたことを、白日の下に晒したいだけだ。後ろ盾がいるとしたら、そやつらも暴き出してな」

「ふん。それは無理というものだ。老いぼれの浅知恵だ」

突き放すように言って、脇坂は境内から立ち去ろうとした。井上がその後を追ったが、脇坂はうるさそうに手で払った。

次の瞬間――井上は脇坂の腰から脇差しを抜き取るや、

「人殺し！　この人殺しめが！」

と叫んだ。

脇坂は酔っ払っているのもあり、よろっと足が縺れて倒れそうになったが踏ん張り、刀を抜き払おうとした。

そのとき、井上は脇差しを握り直し、思い切って、自分の胸を突き刺した。グサッと鈍い音がして、井上は仰向けに倒れた。

思わず駆け寄った脇坂は「なんてことを……」と呟いた。

「――おまえは……人殺しだ……」

井上は消え入る声で呟くと、顔面が蒼白になり、薄ら笑いを浮かべて息絶えた。

参道の方では、遠目に、数人の町人が叫び声を聞いたのか、境内の様子を見ている。やがて、佐々木と嵐山が駆けつけてくる姿が、灯籠の明かりに浮かんだ。

七

北町奉行の遠山預かりとなった脇坂は、〝お白洲〟に面した縁側に引っ張り出された。

事前に、吟味方与力によって取り調べられたが、

――町奉行所与力が、かつての上役とも言える元年番方筆頭与力を殺した。

という大事件は、瓦版を賑わす事態となり、町場でもその噂で持ちきりだった。

白洲には、脇坂の他に、『信州屋』正右衛門も呼び出されていた。脇坂との関わりを証言させるためである。

壇上に現れた裃姿の遠山は、後光が射しているのではないかと思えるほど、険しく凜然とした態度であった。面を上げさせ、ゆっくりと、お白洲のふたりの顔を見

比べてから、

「脇坂喜兵衛……信じがたいことをやってくれたな。この遠山もいささか驚いてお
る。事と次第では、この奉行も辞めねばならぬ。おまえを本所方与力という重職に
命じた責任を取ってな」

と、おもむろに言った。

脇坂は毅然とした目つきで、遠山を見上げて、

「私は断じて、殺してなんぞおりませぬッ」

と力強い声で言い放った。

「しかし、凶器はおまえの脇差しだし、寸前に、『人殺し！』と井上が叫ぶ声を何
人かが聞いておるのだぞ」

「ですから、吟味方与力にも話しましたが、井上様が私の脇差しをいきなり抜き取
り、自分で胸を刺したのです」

「新陰流の達人のおまえが、脇差しを抜き取られたとは、言い訳にならぬぞ」

「本当でございます。私も少し酔っていたもので油断をしており……」

「油断して斬られたのなら分からぬでもないが、脇差しを奪われて自分で刺したと

は、いかにも苦しい言い訳だ。しかも、定町廻りの佐々木と岡っ引の嵐山が駆けつけたときには、もう絶命していた。そして胸には……それで、どうやって、おまえが殺していないと言えるのだ」

「で、ですから……」

言葉が出て来ない脇坂はハッとなり、

「もしかしたら罠かもしれない。たまさか佐々木たちが来るのも、おかしな話だ」

「いや。佐々木は、井上が組屋敷におらぬことが気になって、深川まで探しに出向いていたのだ。これまでも、井上は〝鞘番所〟に出向いて、『信州屋』のことを調べておったからな。むろん、おまえのことも」

「いや、しかし、あれは……」

「自分で刺す意味がなかろう。おまえのことが許せぬと思うたのなら、斬りかかるのが当然の理ではないか」

遠山に詰め寄られたが、脇坂は知らないと懸命に首を横に振り、

「やはり、これは罠だ……そもそも、井上様が私をあの場所に呼び出したのがおかしい……死ぬ直前に、ざまあみろとばかりに私を見て、『おまえは人殺しだ』と言

ったのです。これは、私を人殺しにするために仕組んだことなのです」

「何故、そう思う……またぞろ、殺した上に、自分で死んだと言い張るのか」

「えっ……！」

すでに、佐々木は元より、深川番所の同心や番所医らも調べており、お浜とお仙は殺されたのだと証が立てられている。遠山がそう伝えると、脇坂に緊張が走った。

「お浜を突き落としたのは、『船瀬』という遊女屋の若い衆。そして、その見世の一室で死んだお仙については、若い衆が殺した後、全ての戸を閉じて自害に見せかけて、わざわざ定町廻りにも調べさせた。念の入ったことよのう」

「それは……」

「それはすべておまえの指示だった」

「えッ……」

「お浜が、この遠山の密偵であることは知らなかったようだがな」

「?!……」

「さらに今度は、材木のことで色々と調べていた井上までも殺して、自害に見せかけようとした……何度も通じると思うなよ」

「ち、違います……」

脇坂は必死に否定するが、遠山はまったく信じていない。井上の死を知った遊女屋の若い衆らが、「きっと脇坂様が、他の女たちと同様に自害に見せかけたのだろう」と白状したのだから、有力な証言となる。

「他にも余罪があるようだが、今日は、井上を殺した理由を正直に述べるがよい」

「こ、殺してなんかいない……他の女たちにも、俺は何もしていない。遊女屋の奴らが勝手にやったことで、俺は調べただけのことだッ」

「私ではなく、俺が……に変わったな」

揚げ足を取るように相手の言い草を捉《とら》えて、遠山は強い口調で言った。

「おまえが殺した理由は、これだ……」

遠山は傍らにいた書留役同心から、書面を受け取って、

「ここには、井上が半年以上をかけて、『信州屋』……おまえと深川の材木問屋の不正について調べていたものが記されておる。だが、不正に加担していたのは、わずか三軒しかない。その筆頭格が、正右衛門……おまえだ」

と、お白洲の正右衛門を睨みつけた。

だが、正右衛門も惚けた男で、「与り知りません」と言うだけだった。証拠がないと高を括っているのだろう。

「しかしな、正右衛門……他のふたりは吟味方与力に正直に話した。むろん、自害に見せかけた殺しについては関わっておらぬが、材木の値上げについては、井上が調べたとおりであると、な」

「……」

「なぜ正直に話したか分かるか」

遠山は正右衛門を見下ろしたまま、朗々とした声で、

「正右衛門と脇坂の後ろ盾が若年寄の長谷川豊後守ならば、井上が殺されたように、自分たちも何か不都合があれば、口封じに殺されるのではないかと不安になったからだ」

正右衛門はそっぽを向いている。だが、遠山はさらに強い口調で言った。

「元上役の井上を殺す脇坂だ。自分たちもいつか……と不安がるのは当然だ。救いを求めるべく、この遠山のところに直に申し開きにきたのだ。それほど、おまえたちを恐れていたということだ」

「――さあ、私は知りません……」

「では、誰が、お浜やお仙を殺せと命じたのだ。そして、材木の値を吊り上げて、濡れ手で粟の儲けを狙ったのは誰だというのだ」

「はて。それが誰か……私が知りたいくらいでございます」

正右衛門があくまでも白を切ったため、脇坂はこのままでは、自分だけが人殺しにされてしまうと、

「私は本当に、井上様を殺してなんかいない。信じて下さい、お奉行……だが、お浜とお仙を殺した方が無難だと命じたのは、そこな正右衛門でございます」

「なにを馬鹿な……」

慌てて正右衛門は違うと言ったが、脇坂は道連れにしたいのか、

「そもそも、長谷川豊後守と正右衛門が始めたことではないか。本所方の私はただの用心棒みたいなもので、小遣い稼ぎをしていただけのこと。こいつの悪さを揉み消していただけのことですッ」

「それも充分、悪事だがな。同じ穴のムジナだ」

遠山の言葉に、正右衛門は知らないと横を向いたままだが、脇坂が言ってのけ

た。

「証拠ならある……番頭の利兵衛は裏帳簿を始末せず……、ある所に隠している」

「ある所とは……」

遠山が訊くと、脇坂は素直に言った。

「深川の〝鞘番所〟です。牢部屋の床下に私が隠しております。かようなことになるかもしれぬと、案じておったので」

とうとう全てを吐露する覚悟を決めた脇坂だが、正右衛門はまだ、

「ほう。それは知りませなんだ。脇坂様が裏帳簿を付けていたのですか。恐ろしや、恐ろしや。私は何も知りません。そうですか、脇坂様が不正をしていたのですか」

と白々と言うだけであった。

かくして――。

遠山は改めて、探索を進め、正右衛門と脇坂の悪事を責め立て、後ろで糸を引いていた長谷川豊後守も不正に利益を得ていたため、評定所にて裁断が下されることになったのである。

だが、不正の真実が明らかになったとき、錦は遠山に面接して、辞表を出した。

「どういうことだ、八田……」

錦は深々と頭を下げて、

「私は番所医として、やってはいけないことをしました」

「なに……？」

「井上様はおそらく、自分で刺したと思います。つまり、自害です。もちろん、脇坂様を陥れるのが狙い。人殺しとして白洲に引っ張り出すことで、材木に纏わる不正の真相を暴こうとしたのでしょう」

「何故、自分で刺したと？」

「検屍をしましたが、脇坂様が脇差しで刺したのならば、多少なりとも返り血を浴びているはずです。真っ直ぐに心の臓を刺しているのですからね」

「ふむ……」

「なにより、井上様の胸の傷です……相手に刺されたのならば、刃は下向きのはず。握った脇差しを反転させて刺したから、上により鋭利な刃の傷が残っていたのです」

「つまり……？」

「脇坂様が言っていたのは本当のことでしょう。ですが、私は井上様の意図を汲んで、刺されたと検分書に記しました……脇坂様が、殺しを自害だと偽ったのと、同じようなものです。もはや、私には……」

と言っているとき、遠山が制した。

「そのことならば、百も承知だ。こっちも一芝居打ったまで。若い頃は、芝居小屋で暮らしておったからな」

「えっ……」

「おまえも会ったであろう。元目付の家臣だった市村菊之丞……あいつは、脇坂の昔のことも調べてきておる。よって、此度の処刑は、井上殺しにあらず。何度、獄門にされても構わぬ奴だ」

「しかし、それとこれとは……」

「おまえが嘘をついていたことを認めるならば、検分書を訂正して差し出せ。よいな。……なにより井上の与力としての最後の散り花を踏みつけるような真似はするな。よいな」

遠山は端から、余命幾ばくもない井上の決死の覚悟を知っていたのか――。

錦には忸怩たる思いがあったが、井上が命を賭して暴こうとしたことに、胸を突き動かされるのだった。

第三話　父の背中

一

冬枯れの鄙《ひな》びた向島外れの田舎道を、八田錦がひとりで歩いていた。せせらぎの川魚も寒そうに、じっとしている。

行く手には質素な庵が見えてきた。

まだ雪の時節ではないが、微かに白いものが藁葺き屋根に降りかかっている。

迫ってくる小さな冠木門《かぶきもん》を見て、錦の表情はしだいに強ばってきた。風が冷たいからではない。何か強い決心を抱いているような面立ちで、いつもの錦よりも険しかった。

門柱には、『孤思庵《こしあん》』と書かれた札がある。

錦は呼吸を整えてから、門内に踏み込んだ。

枯山水の庭には灯籠《とうろう》や石橋があり、その奥には竹林が広がっている。庭の片隅には、無造作に薪が置かれており、さほど手入れをされていない小さな五葉松の盆栽が、十数鉢並んでいた。

さらに奥にある炭小屋からガタガタと音がしたと思うと、衣を襷掛けにした老体の男が出てきた。老体といっても髷が白髪混じりなだけで、立派な体躯をしており、背筋もしゃんと伸び、威風堂々とした立ち姿だ。

だが、顔は煤で汚れ、髪の毛には蜘蛛《くも》の巣が絡みついている。

「――む……？」

人の気配に気付いて振り返った老体は、わずかに微笑んで、

「これはこれは、錦先生ではないか……どうして、ここが分かったのだ」

と尋ねたが、錦は素っ気ない態度のまま、

「ご無沙汰しております、辻井様。小父《おじ》様のお屋敷をお借りしながら、なかなかお目にかかることもできず、失礼しております」

「なに、気にすることはない」

「いいえ、とても気になります。辻井様はあえて私を避けているようにも思えるか

らです。いつも父のように陰ながら見守って下さっているのは承知しておりますが、すれ違いばかりです」

「そうかのう……」

「中間の喜八《きはち》さんからは、『たった今までおられましたが帰ったところです』と何度聞かされたことでしょう」

言いたいことを話した錦に、辻井は特に困惑するでもなく、

「見てのとおり、炭小屋を片付けておってな、茶を点てるから、窮屈な所だが座敷で待っていてくれぬか。はは、かような所にも鼠がおって適わぬわい」

辻井は誤魔化すように笑って、錦に座敷に上がるように勧めた。鼠とは、町方与力や同心が使う「悪事を働く者たち」を示す言葉だから、錦は少し気になった。

この辻井登志郎は北町奉行所の元吟味方与力であり、錦の亡き父親・八田徳之助《とくのすけ》とは無二の親友だった。父親は小石川養生所見廻りから、長崎留学を経て医師になった変わり種だが、錦は常に父親の背中を見て育ってきた。

辻井はすでに隠居して何年も経つが、北町奉行の遠山左衛門尉からの信任も厚いがため、後見人として番所医に推挙した錦が採用されたのだった。ゆえに、錦も辻

井のことを親戚の伯父のように慕っていたが、此度のことではどうも釈然としなかった。

此度のこととは――元年番方筆頭与力の井上多聞が〝憤死〟した事件のことである。

かつては顔を付き合わせて仕事をしていたはずなのに、辻井からは弔意のひとつも聞いていないからである。

たしかに、辻井と井上は性格も勤めぶりも正反対であったやに聞き及んでいる。特に不仲だったわけではないが、町奉行所での与力や同心のあり方について、意見が合わなかった節はある。

錦も番所医になった頃は、本当に町方与力かと思うくらい覇気のない人だと感じていた。とはいえ、年番方筆頭与力という立場に、あの名奉行と誉れ高い遠山左衛門尉が任命しているのだから、本当は〝敏腕〟の与力ではないかと想像したこともある。

だが、しょっちゅう顔を合わせていても、相変わらず人をからかうような雰囲気があったから、錦もそれほど好きにはなれなかった。井上の態度は、他の与力や同

心に対しても同じで、

――人事は俺が握っているからな。

とでもいうような変な余裕を醸し出していたから、反発を感じていた役人たちも少なからずいたはずである。

逆に、有能な人物が上にいると〝派閥〟ができたりして、却って奉行所内が纏まらないこともある。ゆえに遠山奉行は、あえて無能な井上多聞を重責に据えているという話もチラホラ聞こえていた。

真相は分からない。だが、身を賭して大きな不正を暴いたのは事実で、相手を嵌めるような手法には多少の問題はあったものの、まさに自己犠牲によって解決した事件だったのだ。

しかし、そのことに、錦は納得し切れていなかったから、辻井に直に事件に対する思いを訊いてみたかったのである。

「――相変わらず、忙しそうだな、錦先生」

静かに茶を点てて、作法どおりに一服済ませた後、辻井は気を緩めたように言った。

「奉行所の者たちからも色々と聞き及んでいるが、〝堅固〟のことばかりではなく、検屍などを通して事件にも自ら関わっているらしいではないか。はは、私が睨《にら》んだとおりになった……といえば、目くじらを立てられるかな、錦先生」

「先生などと呼ばないで下さい。子供の頃からのように呼び捨てで結構でございます」

錦が少しばかり怒ったような口調で言うと、辻井は言いたいことを承知しているかのように制してから、

「いやいや。番所医という立場のある人ゆえな、子供扱いできる道理がない」

と言った。そして、皿に盛っている餡子餅を差し出して、

「順序が逆になったが、それを食べたら、また茶を点てよう。徳之助は粒餡が好きだったが、私は漉餡《こしあん》が好みだった。ゆえに、この庵も『孤思庵』と洒落てみてな……はは、ひとり瞑想に耽る所なのだ。だが、今日は珍しく客人がおり、しかも美しい女先生ゆえ、また楽しからずやというところかな」

「井上様のようなことを言わないで下さいませ。そもそも小父様……いえ、辻井様はそんな軽口を叩く人では、ございませんでしたよね」

「はてさて、人恋しくなったというところかな……」

辻井は惚けたように笑って、皿の餡子餅に自ら先に手をつけ、パクリと食べた。

「うむ……我ながら美味《うま》い。はは、自分で作ったのだ。ささ、召し上がれ」

錦は餡子餅には目も向けず、辻井を見つめ、

「もし、辻井様が吟味方与力でしたら、井上様の一件、どう処したでしょう」

「処した……と言われてもな、詳しくは知らぬ。奉行所は〝内聞〟が多いことくらい、番所医なら承知しておるだろう」

「遠山様がキチンと裁断し、評定所でも決まったことですから、私はそれ以上のことは何も思いません。ただ……」

「ただ……？」

「井上様が、自分の病がキッカケとはいえ、あのような行いをしたのは、私は間違いだったのではないかと、今更ながら思っております。それこそ、井上様の〝堅固〟を見る立場でもありましたから、余計に気になっているのです」

「ふむ……」

辻井は餡子餅を食べきってから、おもむろに言った。

「私が思うに、井上は死期を悟っていたからこそ、最後の最後くらいは、町方与力らしい行いをしたかったのやもしれぬ」

「たしかに表面はああでしたが、ふだんから町方与力らしかったと思いますが」

「それでも命がけで不正を暴き、悪辣《あくらつ》な輩を法にて裁くは立派だと思う。それこそが、正しい自己犠牲というものだ」

「正しい自己犠牲……そんなものがあるとは思えません」

錦はハッキリとした口調で反論した。

「町方与力や同心であっても、自分の身を犠牲にして、悪を暴くことなどしてはならないと思います」

「そうかな……」

「はい。我が身は一番、大切にして貰いたい。それができない人に、他人を庇ったり救うことはできないと思います」

「私はそうは思わぬがな。身を挺して、それこそ命を賭けて、世に蔓延《はびこ》る悪に敢然と立ち向かう奴らを、この目で何人も見てきた。それこそが民を守る武士の矜持であり、また運命《さだめ》だとも思うておる」

「心がけは立派だし、尊敬致します。私が接する町方役人たちはみな、そういう御方たちだと思います。でも……」

錦は息継ぎをするように間合いを取って、

「井上様の場合は、自棄《やけ》としか受け取れない面もあります」

「自棄……さようなことを言えば、井上があまりに可哀想ではないか」

「はい。言葉は悪いですが、哀れに感じます……奥様などの事情も聞きました。ですが、早まったことはせず、きちんと自分の病に向き合って貰いたかったのです」

「なるほど。それが医者としての錦先生のご意見というわけだな」

「人として、そうあるべきだと思います」

「うむ……」

辻井はもう一個、餡子餅を手にして、一口食べて、

「私はそうは思わぬ。己が命の使い道は、己だけが決められる。ましてや武士たるもの、散り際が肝心なのだ」

「体《てい》の良い自害だと思います」

「——錦先生……おまえさんの考えも分からぬではないが、武士を馬鹿にしている

のではあるまいな。お父上も、かくあるべしと話しておったがな」

「父が医者を志したのは、命が大切だからです。人の命はもちろんですが、自分の命も慈しむ。そのために医者になったと思います」

「そうかな……」

「はい、そう思います。でないと、何かあったときに、『人のために命を捨てろ』とか、『公儀のために命を投げ出せ』という話にもなってくるかと存じます。ですから私は……」

「もうよい。用事がないのであれば、私もこう見えて色々とな……」

「父は、どんなことであれ、自分とは違う意見であれ、人の話は最後まで聞いて下さいました……やはり辻井様は、人の話を遮るように、他人の命を遮ることも厭わないのですね」

「おいおい、そんな大袈裟な……」

辻井は宥めようという表情になったが、錦は凜とした顔を向けて、

「今、人の命を弄ぶ輩がいるやに……この前の〝堅固伺い〟のときに、定町廻り方の話の感じから察しました」

「なんと……」

「辻井様にも、遠山様などから耳に入っているのであれば、絶対に与力や同心が犠牲にならないように配慮して下さいませ。御用札を貰っている岡っ引も同じです。どうか、宜しくご配慮下さいませ」

「私にはもうさような権限は……」

「ご意見だけでも結構です。どうか、井上様のような犠牲者は出さぬよう、気配り下さいますようお願い申し上げます」

錦はハッキリと言って頭を下げると、振り返りもせずに立ち去るのだった。

見送る辻井は深い溜息混じりに、

「徳之助……おまえとは随分、気性が違うな。はは、奥方に似たのかのう」

と浮かべた微笑みが、ゆっくりと消えていった。

二

小石川養生所が、八代将軍・徳川吉宗《とくがわよしむね》の治世に、小川笙船《おがわしょうせん》という町医者が、目安箱に投書をしたのがきっかけで創設されたことはあまりに有名である。

享保年間から幕末まで、無料の医療、貧民救済の施設として、江戸町人にとってなくてはならない存在だった。元々あった小石川の薬草園に造られたものだが、薬草園としてもさらに需要が広がっていた。新たな薬を造るための施設もあり、疱瘡などの感染症や様々な病の治療に当たっていた。

養生所見廻りの与力二名、同心八名、さらに中間などが勤めていた。病人の改めや賄などの費用を見積もり、薬膳の立ち合いから看病や洗い物などの雑用を行い、隔離した患者の面倒を昼夜通して見ていた。そのため、年に三百両ほどの費用が幕府から出されていたが、病人が増えるにつれ、医者や介抱役が不足するようになっていた。

町奉行支配で、本道、外科、漢方、蘭方にも通じている医者が数人、常在しており、夜中の急患にも対応していた。

元々は小川の子孫と幕医の家柄の者が従事していたが、天保年間からは町医者が治療しており、錦が修行したのも、このような環境下であった。養生所医となれば〝箔がつく〟から、逆に幕医に取り立てられることもある。錦のように番所医への推挙も受ける。医道が出世の手段になることも少なからずあったから、貧しい町医者にとっては良き職場であった。

だが、幕府の薬草園があり、町奉行所支配であることから、逆に怪しげな薬を患者で試しているのではないか——という噂もあった。噂に過ぎないが、たしかに、患者は身寄りのない貧民が多く、無宿者の面倒を見ることもあったから、〝人体実験〟されていることは、あながち出鱈目《でたらめ》ではなかった。

——助からない命の患者で試される。

ということは充分にあり得た状況であった。

そういう状況であることから、今でいう衛生状況を把握するために、見廻り与力とともに、月に一度ほどであるが、公儀御殿医が検分に来ていた。

ついでに難病などで快復が鈍い患者を、特別に診ることがあった。

この日も——公儀御殿医の篠原慶順《しのはらけいじゅん》が、診察所のみならず、数カ所の病人部屋にいる患者の容態を見て、〝堅固〟がどの程度快復したか、悪化したかを判断し、養生所見廻り与力や医者たちに指示を出した。

それに従って、与力の薦田《こもだ》半兵衛《はんべえ》が、病人部屋を巡って、布団から身を起こした者たちに向かって、書状に記された名を読み上げていた。鷹田は三十半ばの真面目そうな風貌に比べて、物言いは冷たい感じがした。

「ええ……料理人の屯吉《とんきち》、元植木職人の助次郎《すけじろう》、以上の十名は病状が快復したによって、本日をもって退去致せ」

鷹田が命じると、名を呼ばれた者たちはエッと意外な顔つきになって、

「そんな殺生な……あっしはまだ咳が止まらず、真夜中に目が覚めてしまいます。噎《む》せ始めるともうどうしようもなく……」

屯吉が縋るような弱々しい声で言うと、鷹田はジロリと見やって、

「真夜中に叩き起こされるのは、宿直《とのい》の医者や介抱役たちだ。咳は誰でも出る。皆なるべく我慢しておるが、おまえはわざとらしく、大きく怒鳴るような咳ばかりをして迷惑だ」

「め、迷惑……？」

「それほどの炎症は喉にも気道《きどう》にもないと、慶順先生のご判断だ。もちろん薬は持たせるから、自宅で養生するがよい」

鷹田が冷たく突き放すように言うと、屯吉は必死に手を掲げて、

「自宅と言われても、あっしには帰る所がありません。住んでいた長屋はとうに潰れておりますし、身寄りもおらず……」

と言いかけると、鷹田は遮った。

「さように宿代わりに使われては困る。町場には、色々な町会所があるゆえ、そこにおいて相談せい。ここは貧民を扱うとはいえ、病に罹《かか》っている者だけだ」

「そんな無体な……」

屯吉が両肩を落として背中を丸めると、横にいたもう少し若い男が文句を言った。

「無慈悲というものですぜ。そりゃ、俺もたしかに調子は良くなってきつつあるが、ご覧のとおり、ろくに飯も喉を通らねえ。なのに、こんな寒空の中に追い出されたら、途端に凍え死んじまう。どうかどうか、今しばらく、ここで面倒見てやっておくんなせえ」

「おまえは助次郎だったな。植木の仕事をしていて、松から落ちたってことで養生所に来たはずだ。それがいつの間にか、病人になっておる。仮病とまでは言わぬが、自分でなんとかできるであろう」

「折れた足だってご覧のとおり、まだちゃんと治ってやせん……これじゃ仕事もできやせん。ですから……」

「ならぬッ」

鷹田は苛ついたように強く遮って、助次郎に迫った。

「おまえは公儀御殿医の見立てが嘘だとでも言い張るのか」

「いえ、そんなことは……」

「よいか。世の中には、おまえたちよりも、もっと大変な者たちが大勢いて、小石川養生所に入れるのを、今か今かと待っているのだぞ。町奉行所の判断だけではできぬゆえ、公儀御殿医に検分して頂き、こうして命じておるのだ」

「けど、鷹田様……あっしらは本当にしんどくて辛くて……」

「くどい。これは上から決められたことである」

「そんな殺生な……巷では、完治していないのに追い出されたから、もっと酷くなったと言う者たちもおりやすぜ」

「ならば、おまえたちが元気になって、さようなことはないと証明してやるがよい」

取り付く島もない言い草で吐き捨てると、鷹田は咎人でも引っ立てるように廊下から表に引き出した。ほとんどの者は言いなりになって従わざるを得なかったが、屯吉と助次郎だけは与力の目を盗んで、養生所内の物陰に身を潜めた。

「――何を言いやがる。役人が勝手に病状を決めやがって。あの御殿医とやらも名誉と金が目当てで、きっと藪に違いない」

屯吉が言うと、助次郎も頷いて、

「そうともよ。娑婆は地獄、養生所は極楽だ。追い出されてたまるもんか、ばーか」

意地になったようにふたりは与力に逆らって、広い敷地内を隠れるように移動した。病人部屋だけで三棟もあり、百二十人ほどの患者が抱えられている。何食わぬ顔をして他の患者に混じって、食事や薬にありつこうという魂胆である。

実はこれまでも同じようなことをしてきた。その都度、養生所の者に見つかって説教されるのだが、筆頭医の松本璋庵《まつもとしょうあん》は情け深いので、ついつい許してしまうのだ。それに甘えて、このふたりは調子に乗っていた。

奥の比較的軽症の患者が養生している所へ行こうとすると、

「ひいい……ひいい……うう」

と押し殺したような悲鳴が聞こえてきた。

「まだ……」

助次郎が言うと、屯吉は首を傾げた。

「知らねえのかい。慶順先生が来たときには、蘭方の手術を施すとかで、難しいことをやってるそうだ。もっとも麻酔があまり効かない患者もいるから、ああして苦しんでる」

ふたりは近づきながら、何気なく介抱人部屋近くの〝手術室〟を覗いた。

よく見えないが、開腹手術をしていたのか、仁英《じんえい》ら若い見習い医たちが手際よく手術道具を手渡している。すでに縫合の段階に入っており、白衣の慶順も額に汗を掻きながらも懸命に取り組んでいた。

見るからに痛そうな様子に、助次郎と屯吉は目を覆ったが、見習い医たちが患者の様子を真剣に見ながら、

「これでまた、先生によって命が救われました。ありがとうございます」

「素晴らしいです。とても勉強になりました」

などと感想を述べると、慶順は医師らしい真剣なまなざしで、

「そんな話は後でよい。早く次の患者を連れてきなさい」

と命じた。

そのとき、ガタンと音がした。

手術室の外にいた助次郎と屯吉が板か何かを踏んだのだ。仁英が外を見やると、ふたりの姿に気付いた。

「また、あんたたちか……駄目じゃないか。たしか、篠原慶順先生の退所名簿の中に、ふたりの名があったはずだがね」

仁英がそう言って追い払おうとすると、屯吉はわざとらしく大きな咳を続けた。

「これ。そんな悪ふざけはよしなさい。本当の咳かどうかくらい分かりますからね」

注意をする仁英を、慶順は止めて、

「気になるなら、もう一度、見て進ぜよう。痛みや苦しみは本人にしか分からない。患者の気持ちにならねば、一人前の医者とは言えぬぞ」

と教え諭してから、「さあ、ふたりともこっちへ来なさい」と声をかけた。

すると、屯吉は喜んで慶順に近づいたが、助次郎は嫌な予感がしたのか、「俺は

結構です」とその場から逃げ去った。見習い医が呼び止める声が背後からしたが、

「くわばら、くわばら……何か手術されたら、こちとら痛くて死んじまわあ」

と足の怪我など嘘のように、養生所の薬草園の方に逃げ去るのだった。

三

数日後のことである。

屯吉が日本橋の町会所近くを歩いていると、突然、表情が苦痛に歪んで、

「――く、苦しい……あ、ああッ……誰か、た、助けて……」

と胸のあたりを掻《か》き毟《むし》るようにしながら、道端に倒れた。その前で水撒きをしていた大店の手代が驚いて駆け寄ったが、屯吉は目を見開いて、さらに胸元を自分で摑むような仕草をしながら、ガクッと息絶えた。

すぐさま自身番に担ぎ込まれた屯吉を、立ち寄っていた北町奉行所定町廻り同心の佐々木康之助と岡っ引の嵐山が検分し、手代に話も聞いたが、即死のようだった。

検屍するために、錦が駆けつけたときも、屯吉の表情には苦しみ藻掻いた様子が

残っていた。直ちに見立てたが、心の臓が急に発作を起こして死んだようだった。見た目の年からいっても不思議ではなかったが、錦はもっと詳細を知りたいと思った。

「昨日まで小石川養生所にいたようですぜ」

嵐山が伝えた。着物の懐に養生所で受けた〝診察証〟があったのだ。他の町医者に病歴などを示すためのものだ。錦はそれを見て、自分の師でもある松本璋庵の印章を認めた。

「今、佐々木の旦那が、養生所見廻りに事情を訊きに行ってやす」

「そうですか……」

「錦先生、何か気になることでも？」

「心の臓の発作は朝起きたときや風呂上がりなどに多いのですが、ふつうに町中を歩いているときとは珍しいと思いましてね。まあ、少し寒いし、無理していたのかもしれないけれど……何処かに急いで行く用事でもあったのでしょうかね」

「まだ、はっきりとは分かりやせんが、この診察証によると渡り庖丁人、つまり料理人のようですが、この年だし、決まった店どころか住まいもないようですぜ」

「すぐにでも腑分けなどをしたいところですが、養生所帰りだということは、病は一応、治ったということでしょうから、担当医の話を聞いた方がよさそうですね」

などと話しているうちに、養生所医と一緒に訪ねてきたのは、公儀御殿医の篠原慶順であった。町場の自身番などに立ち寄る身分ではないが、佐々木から屯吉の突然死の報せを受けて、養生所見廻り与力の鷹田が差配したのだ。

慶順はチラリと白衣の錦を見て、「女医者か」と呟いてから、屯吉の前に座るや直ちに様子を見始めた。傍らには、鷹田が控え、少し離れて、佐々木も見守っている。

やがて、慶順がふうっと深い溜息をつくと、鷹田が遠慮がちに尋ねた。

「先生……如何でしょうか」

「死因は心の臓の発作のようだが、今はハッキリしたことはまだなんとも……」

「そうなのですか？」

「数日前に私が診たときには、多少、咳があったものの、咳止めや痰切りなどを処方して、快方に向かっておった。心の臓が悪いとは診察もされていなかったが、私が診たときもまったく……」

と慶順は首を横に振りながら、

「何故、かようなことになったのか……死因が心の臓にあったのだとしたら、見つけられなかった己を恥じ入るばかりだ」

「先生が恥じ入ることはありませんよ」

蔦田は庇うように言った。

「松本璋庵先生ですら分からなかったから、退所させたのでしょうし、身近で診ていた見習い医たちも、まったく気付いていなかったのですから」

「見習いが分からぬのは致し方ない。申し訳ない、屯吉……私のせいだ」

慶順はあくまでも自分の責任だというように手を合わせた。

「そんなことはありません。先生は謙虚で決して偉ぶらない……いつもおっしゃっているではありませぬか。医術を極めれば極めるほど、人の体は複雑で分からぬことが多い。ましてや病となれば、混沌として見極めることも、それを治すことも難しいと」

そう蔦田は続けて、

「この屯吉の死も、たまたま分からぬ症状のひとつなのでしょう。ご自身を責めることなど、あってはなりませぬ」

と言うと、錦が後ろから声をかけた。

「患者の死に対しては、医者として責任を感じるのは当たり前ですよ、鷹田様」

「えっ……」

振り返った鷹田は改めて錦の顔を見て、あっと懐かしさとは違う複雑な表情で、軽く頭を下げた。そして、慶順の身分や立場を改めて説明してから、錦のことも紹介した。

「以前、養生所医だった八田徳之助先生の娘さんで、今は北町奉行所の番所医をしている八田錦先生です。八田徳之助先生は、元は養生所見廻り与力、私の上役でした」

「そうでしたか、篠原慶順と申します。お見知りおきのほど」

「お名前はもちろん存じ上げております。こちらこそ、お目にかかれて光栄です。宜しくご指導下さいませ」

錦も丁寧に挨拶を返すと、慶順は「ご苦労様」とばかりに頷いて立ち去ろうとした。それへ錦は呼びかけた。

「慶順先生。検屍はなさらないのですか」

「え……？」

「心の臓が特に悪くないと診察されていたのですから、分からないのなら余計、死因が気になると思うのですが……それとも、私が番所医と聞いて、任せて下さると……？」

「あ、ああ……もちろん、お任せする。その見立ても知りたいので、後ほど鷹田殿に伝えておいて下さると有り難い」

「さようですか。では心して……ですが失礼を承知でお願い致しますが、慶順先生は蘭方の手術も得意だと聞いております。腑分けに立ち会って、未熟な私の悪い所をご指摘下されば嬉しいのですが」

「いや。八田徳之助の娘さんで、番所医ならば私なんぞよりも熟知しておられよう」

慶順は予定があるとアッサリと断って、後ほど検分書を検めたいと言うだけで、鷹田とともに立ち去るのだった。

見送った錦の顔には不満が漂っている。

それに気付いた佐々木は、

「またぞろ何か気懸かりなことでもありますかな、〝はちきん先生〟」

とわざとらしく丁寧に言った。

「俺のような町方同心は腰が引けてしまう公儀御殿医に、錦先生は堂々と対峙しているものなあ。アッパレでござる」

「そういう嫌みはやめた方がいいですよ」

「だが、あの偉い御殿医様が何か嘘でもついているという顔をしていたぞ。そういうときの錦先生の表情がまたたまらん。ぞくぞくするほど美しいのだよ」

「いい加減にして下さい。ですが、佐々木さんの勘は当たりです。あの御仁には、何処か嘘があります」

錦が断言するのを、佐々木と嵐山は興味深げに聞いていた。

「もしかしたら、屯吉さんの死を、自分の目で確かめるために来たのかもしれませんねえ。でないと公儀御殿医がわざわざ、町場の自身番まで足を運ぶなんて……」

「ないな。錦先生の口振りでは、慶順先生が何かを隠しているようだが、それはないんだ」

佐々木が尋ねると、錦はあくまでも推察だと断って、

「前々から少し気になっていることがありますよね。佐々木さんも調べているはずです。小石川養生所から退所したばかりの患者が何人か、突然、亡くなっていることを……この屯吉さんという方のように」

「うむ……こいつもそうだが、五体に傷はなく、毒を盛られた兆候もない」

「それは、まだこれから詳しく調べますがね」

「ただ堪えがたい苦痛によるものなのか、目を張り裂けんばかりに見開いて事切れていた。屯吉が悶絶していたことも、助けようとした手代が見ている」

「のようですね……」

「養生所から出たばかりの者たちだから、一応、松本璋庵先生と、時々、患者の様子を見に来る篠原慶順先生が検屍もした。だが、ふたりとも死因に首を捻るばかりだった」

「でも、変死を遂げた人たちは、いずれも病の完治を告げられたのですよね」

「ああ。だからこそ、突然死としか言いようがないと……」

佐々木が理解できないことだと小首を傾げたが、錦には嫌な予感が広がってきた。

――病を治すはずの養生所から出てきたばかりの者が死んだ。

ということだけでも怪しいのに、いずれも胸を掻き毟るような〝心臓発作〟で死んでいる。偶然にしては多過ぎる事案であろう。

「目の前で心の臓の発作で死んだというのを、これまで経験したことがありますか？　なかなかないことです」

「まさに薬でも盛られた……という言い方が当てはまると、見た者たちは口を揃えていた。やはり錦先生もそうだと……？」

「そういや……」

嵐山にも思い当たる節があるのか、自分の知り合いの遊び人が、酒で体を悪くして養生所にいたのだが、ようやく快復したというので退所したら二、三日後に死んだと話し始めた。しかも、同じような苦悶の顔をしていたのを、嵐山は葬式で見たと話した。

「道を歩いていて、『うわあッ』と声を張り上げて、その場に倒れたので、遊び人風だからてっきり喧嘩でもして刺されたのかと、近くから駆けつけた人は思ったらしい」

「なるほどね……だったら、私が古巣に帰って調べてみるしかなさそうですね」

錦はそう宣言してから、屯吉の亡骸を検め始めた。分かる範囲で詳細に死因を突き詰めておきたいからである。

佐々木と嵐山はいつものことながら、手際よい錦の手捌きを溜息混じりで見ていた。

四

松本璋庵と面談をした後、錦はしばらく養生所医師として患者を診ることとなった。

しばらくといっても、奉行所での勤めがあるから、二、三日くらいである。退所後に急な病で倒れた患者のことは、璋庵も承知している。しかも心疾患がほとんどということは、やはり何か理由があるに違いないと、懸念していた。

「璋庵先生……私は、この養生所で飲まされた薬が原因なのではと心配していま す」

「薬……まさか、そのようなことは……」

璋庵は有り得ないと首を横に振ったが、錦は慎重に言葉を選びながら、

「でも璋庵先生ほどの御方ならば、おかしいと気付いているのではありませんか。ですが、璋庵先生ですら言葉にできない何か不都合なことがある。もしそうならば、私が代わりに真相を究明するために動きます」

「いや……」

「秘密は守ります。先生にご迷惑はおかけいたしません。私はただ、無念に死んでいった人がいるのならば、その思いを掬《すく》い上げたいだけなのです」

「……」

「そもそも、まだ治り切っていない患者を、先生はどうして家に帰すのですか。慶順先生が命じるからですか」

ほんのわずかだが、璋庵の表情が曇った。錦は訝しげな目になって、

「もし患者を収容するのに余裕がないのであれば、町医者たちに相談すればこそって手伝ってくれるはずです。遠山奉行だって、疱瘡などが流行ったときのように、お救い小屋の類を何処かに造ってくれるはずです」

「ああ、そうだな……」

「こんなに広い薬草園もあるのですから、掘っ立て小屋でも診療はできますし、深川診療所でも対応して貰えます」

「……」

「なんにせよ、患者は完治するまで留めておくというのが、璋庵先生の思いだったはずです。養生所の都合は後廻しにしてでも」

あまりに錦が熱心に訴えるので、璋庵は申し訳なさそうに頭を垂れた。

「錦の言うとおりだ。養生所医の立場では、公儀御殿医に逆らえぬ。ここを維持するための財政が逼迫しているのでな、篠原慶順様も老中や若年寄にせっつかれて、仕方なく嫌な役目を引き受けているのであろう」

「嫌な役目……」

「篠原様も医者だ。忸怩《じくじ》たる思いがあるのだろう。だから、ここから体よく追い出された患者が死んだと聞けば、せめて手を合わせたいとわざわざ出向いているのだと思う」

璋庵のその言葉を聞いて、錦は違和感を抱かざるを得なかった。そこまで思うのならば、きちんと養生所に任せればよい。たとえ、幕閣からの命令であっても、自ら追い出す者の名簿を作ることなどないはずだ。

「私はその名簿に何か秘密があるような気がします」

「えっ……？」

「診察帳は残っておりますよね。病歴や投与された薬なども調べてみたいので、後でお貸し下さい」

「それは構わぬが……どうして、そこまで拘《こだわ》るのだ」

「屯吉さんを検屍して、ひとつだけ分かったことがあるからです」

錦が明瞭に言うと、璋庵もさすがに前のめりになった。

「心の臓が破裂しておりました。まるで、何かに叩き潰されたかのように」

「えっ……！」

「外から見て何の外傷もないから発作で死んだのであろうとは、今まで検屍した者たちの見立てはあまりに杜撰ではありませんか」

返す言葉もないというふうに、璋庵は錦の顔をまじまじと見た。

「釈迦に説法ですが、管を流れる血を、体の隅々まで送るのが心の働きです。水は上から下に落ちるのに、心の働きによって、頭にも運ばれます。凄いことですよね。

この心によって、栄養や潤い、熱まで運ぶわけです。だからこそ、心が弱ると動悸や息切れが起こり、脈が乱れ、発汗します」

「……」

「かような体になると、まさに〝こころ〟も弱ってきて、不安が増して、なんでもないことに焦り出したり、考えも纏まらず、感情も乱れます……当然、肝、脾、肺、腎も悪くなってきますよね。だからこそ、養生所にいる患者の心の動きは特に注意して診ているはずです。ですが……」

錦は冷静ではあるが、わずかに感情を吐き出すように、

「篠原慶順先生は、自分が診たときには何事もなかったのに不思議だ……と話しました。破裂するほどの異変があれば、数日前どころか、一月前でも予兆があるはずです」

「うむ……まさか見逃したとでも……？」

「見逃したのではありません。そうなるのが分かっていて追い出したのではないか……そして死んだ患者のもとに駆けつけたのは、様子を確かめるためではないのか……私はそこまで考えています」

「まさか……ならば、他の医者だって気付くはずだ。有能な医者が七人も八人もおり、見習い医師も……」

「はい。璋庵先生もいらっしゃるのですから、間違いなく見逃すはずがありません。つまり……それほど突然、心の臓に何らかの負担がかかり、まるで爆発するかのように破裂し、死んでしまったのです」

「……」

信じられないとばかりに璋庵は首を傾げるが、錦は確信に満ちた顔で、

「そうなると承知の上で、慶順先生は患者をここから出したのではないか……と思います。なぜならば、養生所の中で事が起これば、誰もが不思議に思うからです」

「いや、私には信じられぬ……」

「——ですから、これまでの名簿を見たいと存じます」

「先程も言ったとおり、それは構わぬが、早めに退所させた者がみんな死んだわけではない。ほんの一部の者たちだがな」

「そこにも何か理由があるかと思います」

「さてもさても、錦……辻井様とともにおまえを番所医に推挙したのは私だが、ど

うやら疑り深い性分になったようだな。以前は、そんなことはなかったはずだが、毎日、人殺しだの変死体だのという事件に関わっていると、まっとうな医療も疑い始めるのかのう」

璋庵は皮肉ではなく素直に言ったのだが、錦は疑り深い目になって、

「先生こそ何かに毒されていますよ……先程、自分でおっしゃいました。篠原慶順先生に遠慮があると……医者は決して、余計な忖度《そんたく》をしてはなりません」

「……」

「小さな疑いがあれば、それを大きな安心に変えるのが医者の務めです」

錦はようやく微笑みを浮かべて、養生所と薬草園を一回りしたいと許しを請うた。当然のように、璋庵は頷くのだった。

父の背中を見るべく、小石川養生所で見習い医として過ごした日々を思い出しながら、錦は見慣れた所をうろついた。顔見知りの医者や介抱人たちは、錦の姿を見て気さくに挨拶をしてくる。

まさに古巣を楽しむかのように、錦が歩いていると、病人部屋の片隅で、頭から布団を被って尻を出している者がいた。

気になって近づいて、布団を剝いでみると――なんとそこにいたのは、辻井家の中間の喜八であった。辻井に長年仕えていて、年も錦の父親くらいであるが、体の調子が悪いのなら、いくらでも屋敷で診ることができるのに、何か子細があるのであろう。

「何をしているのですか、喜八さん」

「あ、これは錦先生……」

「一体、どうして、こんな真似をしているのです」

バツが悪そうに起き上がった喜八だが、少し痛む腰に手をあてがいながら、目顔で向こうへ行きましょうと誘った。

裏手から薬草園に続く小径に来ると、喜八はおもむろに、

「旦那様に頼まれて、間者として乗り込んできたのです。あ、病人や怪我人のことではなく、密かに調べ事をする間者です。洒落じゃありません。真面目です」

「――いいから、話しなさい。何事なんです。辻井の小父様は何を探れと」

錦が怒ったような顔を向けると、喜八はやはり困った様子で、

「まさか錦さんが来るとは思わなかったので驚いてます。でもやはり、旦那様にち

ょこっと話されたことですよね。実は、松本璋庵先生に話しているのも、チラリと盗み聞きしておりました」

「……ということは、小父様は何か察しているということですね。ここから出て、急に死んだ者たちのことを」

「私はそこまでのことは知りませんが、さあ、こちらへ……」

喜八が誘ったのは、薬草園である。この敷地は館林藩下屋敷があった所で、白山御殿と呼ばれていた。この屋敷の主が、五代将軍綱吉《つなよし》になった後、『小石川御薬園』となったのである。その後、八代将軍吉宗がさらに拡大して、四万五千坪の薬草園として養生所も創設したのだ。

御薬種干場も備えられており、諸国に送るための薬草を乾燥する場や、調合部屋などもあり、養生所は施薬院と呼ばれるとおり、いわば〝製薬工場〟でもあったわけである。

「実は、あの向こうに……新たな御薬種干場ができたらしいのですが、上様のためだけの薬を作っているとかで」

「将軍のためだけの……」

「はい。ですから、公儀御殿医の篠原慶順様とその供の者以外は近づけないそうです」

「へえ、そんな所がね……」

いかにも怪しいと思った錦が興味深げに近づこうとすると、

「誰だッ」

と険しく誰何《すいか》する仁英の声が、近くの納屋から聞こえた。

「すみません。珍しい薬草が沢山あるものですから、つい見たくなりまして。百数種類の薬草があるので、散剤《さんざい》に相応しいものがないかとね」

漢方薬には飲み方として、生薬を配合して煎じて湯液を飲む〝湯剤《とうざい》〟、生薬を粉状にして蜂蜜などで固めた小粒の〝丸剤《がんざい》〟、生薬をそのまま軟膏にして擦り込む外傷用の〝膏剤《こうざい》〟がある。その他、〝散剤〟は、生薬を粉状にして飲ませるもので、効き目が早いのが特徴である。

「散剤……？」

訝しむ仁英に、錦はかすかに微笑んで、

「ええ。切迫した心の臓の乱れや痛みにすぐ効くものが欲しいのです。血の巡りを良くして動悸を抑えたり、逆に釣藤散《ちょうとうさん》みたいに気の上昇を抑えて、血の巡りを整えるもの。生脈散《しょうみゃくさん》も混ぜ、体の水分の消耗を防いで、弱い脈を快復させたり、黄耆《おうぎ》や白朮《びゃくじゅつ》で作った玉屏風散《ぎょくへいふうさん》のように肺や脾の気を補うものとか……」

錦が一息に言うのを、仁英は唖然として聞いていた。

「特に心筋の梗塞は、平素に突然、激しい胸痛で始まり、胸全体から鳩尾、左肩や、首や顎にも強い痛みが響くので、それを和らげて正常に戻せるような薬が必要なのです……なんとかなりませんか」

「――もしかして、お医者様ですか？」

「八田錦と申します。以前、ここで修業させて貰い、今も璋庵先生に許しを得て、薬草園内を見ております」

「あっ……もしかして番所医の……」

「はい。そうです」

「これは失礼致しました。私は見習い医の仁英と申します」

仁英は恐縮したように一礼してから、

「それにしても、どうして、そんなに心の臓の薬を……」

「お耳に入っているかもしれませんが、養生所を去った患者のうち何人かが、急な心の臓の発作で亡くなっています」

「えっ。それは知りませんでした……」

「しかも、心の臓が潰れたようにね。ええ、私が検屍した方もおります。屯吉さんという高齢の方ですが」

「あっ……その人なら私も知ってますが……特に何も……」

「はい。ですから退所者には、万が一、心の臓が苦しくなったときに、俄《にわか》に効く薬を渡しておきたいのです」

「なるほど。それはそうですね……」

「退所者を決めたのは、篠原慶順先生だそうですが……」

錦が言いかけると、仁英はすぐに遮って、

「何か慶順先生のことをお疑いならば、それは間違っています。あの方が平癒したと見て帰らせた者が、たまたま変死を遂げたからといって、先生になんの責めがありましょう。慶順先生は、これまでにその何十倍もの人の命を救ってきたのです」

「素晴らしい医者だということは、私も存じ上げております。でも、たまたまと片付けるには無理がある数の被害です。しかも、みんながみんな心の臓の異常が原因と思われる死に方です」

驚きを隠せない仁英の表情からすると、本当に退所後のことは伝えられていないようだった。見習い医ならば無理もないが、篠原慶順に傾倒し、心から信じている者に見えた。

「あれはなんでしょうか」

錦は薬草園のある小屋を見やった。喜八が話した、新しい御薬種干場の側にある。

「慶順先生の薬種研鑽所でございます」

「薬種研鑽所……？」

聞いたことがないと錦が言うと、仁英は見習い医らしい真摯《しんし》な顔つきで答えた。

「私たち見習い医を含め、介抱人にも薬草や薬剤について教えるため、そして新しい薬作りのための場。先生は、寝食を忘れるほど没頭して、研究をなさっておられます」

「新しい薬作りのため……」

「はい。百もご承知のとおり、養生所には残り火の少ない患者もおります。そんな人を一日でも生きさせてあげたい、ひとりでも救いたいがために、慶順先生はまさに命懸けで取り組んでおられます。それが上様の御為にもなると」

キラキラと輝く瞳で語る仁英に、錦と喜八は若者にありがちな盲信をすら感じたが、黙って聞いていた。

「その中を見せて貰いたいのですが」

錦が尋ねると、仁英はとんでもないと首を振りながら、

「研鑽所に来られて研究するときには、中から鍵を掛けて、ひとり籠もっておられるのです。とても近づくことはできません」

と言うのだった。

錦はますます疑り深い目になった。

五

どこか分からぬが、古刹《こさつ》の本堂らしきところに蠟燭《ろうそく》の炎が灯った。阿弥陀如来像が浮かび上がったが、埃だらけである。信心深い者が見れば、罰当たりと嘆くであ

ろう。

そこに、ふたつの影が浮かび上がった。

「――では、今度こそ、確実なものが出来上がったと判断してよいのだな」

「はい。服用させて二、三日のうちには必ず、心の臓に異変をきたし、息も苦しくなり、悶絶して死んでしまいます。まるで、突然の発作を起こしたように」

「飲んで二、三日後……つまり、殺した者はその場におらず、疑われないのだな」

「はい。もし御前が今、私に飲ませたとしても、二、三日経って、ひとりで酒を飲んでいるときに、ぶっ倒れたとしたら誰が御前を疑いましょうや」

「うむ……」

「しかも毒物が使われたという痕跡も表にはまったく残りません。ただ、心の臓が破裂するというだけでございます」

「ならば、急げ。殿のご一行は、そろそろ江戸に近づいておるゆえな」

「やはり、御前が自ら……」

「さよう。人の手を借りれば秘密が漏れるやもしれぬのでな。平塚宿くらいまで出迎えに行って殿に飲ませてから、儂はすぐ江戸に帰ってくる。さすれば品川宿辺りで殿は……」

などと物騒なことを話している。

やがて、目計頭巾《めばりずきん》を被った羽織袴の武士が本堂から出てきた。その後を、本堂の陰から出てきた大柄な男が尾け始めた。

「──なんだか焦臭《きなくさ》くなってきたぜ。あいつは誰だ……？」

と呟いたのは、嵐山であった。

錦との話から、篠原慶順の動きを探っていたのだが、浅草寺裏の怪しげな寺まで尾けてきていたのだ。

慶順と会っていた目計頭巾の侍は、少し離れた土手道に向かうと、そこで待機していた武家駕籠に乗った。供侍が数人いる。両国橋西詰めから麻布古川端まで来て、立派な武家屋敷に入った。大和高取藩の下屋敷である。

門内で出迎えた家臣たちは、目計頭巾の侍に、それぞれが挨拶をしながら、奥座敷まで寄り添って入り、労《いたわ》りの言葉を述べた。

奥座敷には、まだ二十歳くらいと思われる白羽織の若武者がおり、

「ご苦労であった」

と物静かな声を掛けた。

目計頭巾を取った侍は、若武者の父親ほどの年齢だが、爛々と輝く瞳は野心家であることを物語っていた。

「どうじゃ、佐久田《さくた》。事は上手く運びそうか」

佐久田と呼ばれた侍は、深々と平伏してから、

「道兼《みちかね》様にはご機嫌麗しゅう存じます。ご存じのとおり、我が大和高取藩二万五千石藩主・植村駿河守道家《うえむらするがのかみみちいえ》様は、参勤交代にて国元を発ってから、すでに小田原城下までご到着しております」

「さようか。で、江戸家老のおぬしとしては、如何なる方法で、父上を仕留める気だ」

「若君、お言葉を慎み下さいませ。誰が聞いておるか分かりませぬぞ」

「なに。父上とはいえ、余は側室の子ゆえ、嫌われておる。ろくに言葉を交わしたこともなければ、余の顔も忘れておるだろう……それに、ここ下屋敷の者は皆、余の味方じゃ。であろう、佐久田。ささ、話してくれ」

「では、申し上げます」

佐久田は威儀を正して真剣なまなざしになると、

「拙者は急いで東海道を上り、平塚宿の本陣にて殿様を出迎える所存です。そこで、予《かね》てより篠原慶順に作らせていた毒物を、食事の際に飲ませます」

「毒で殺すのか……」

道兼は少々、驚いて目を見開いたが、佐久田は例の毒薬の説明をして、

「ですから、決してバレることもなければ、誰が盛ったかも分からないのです」

「さようなことが……しかし慶順もよくぞそこまでやってくれたな」

「元々は我が高取藩の藩医でしたが、公儀御殿医、つまり奥医師に押し上げたのは、江戸家老の拙者でございます。せっせと小石川養生所の薬草園にて作ったそうです」

奥医師といっても、慶順はまだ近習医師や御側医師と呼ばれる地位ではなく、〝奥詰医師〟であり、御番料すら支給されていない。御側医師らに従って働き、当直も多い。だが、いずれ出世をすれば、二百俵の表高の上に、御番料二百俵がつき、将軍の脈を直に取る権威も得られるのである。

「さすれば、慶順は奥医師の立場から、若君を若年寄や老中に推挙することになり

ましょう。その前に、若君には正式な藩主になって頂かねばなりますまい」

実は今般、現藩主が参勤交代で江戸に入り、将軍に謁見する際には、若年寄の内定を受けることになっている。

「ですが……殿がさような地位に相応しい人物とは到底、思えません。我が藩藩主のご先祖は立派な人が多かったけれども、時には遊女と心中を図って、あわや改易になりそうになったこともあります。それを内密に処して、無事に高取藩の存続を取り計らったのは、拙者の父親であります」

自慢たらしく佐久田は言うと、道兼は納得して頷き、

「さよう。しかも、当代は我が父上ながら、領民には苛斂誅求《かれんちゅうきゅう》ばかり。家臣も酷使して、贅沢三昧の暮らしぶり。余ですら、ほとほと嫌気がさしておるのだ」

「ですから、此度のことは一刻も早く、若君の才覚と人徳をもって、領内の安泰とご公儀への忠誠を実現するために、やむを得ぬことなのでございまする。そのためには、若君が幕閣になることこそが最善の策なのです」

佐久田は毒殺の正当化を懇々と伝えると、道兼も当然のように同調した。

「それにしても、恐ろしい毒薬よのう……」

「はい。ですが、これからも、これを使えば、若君の邪魔立てをする者を、上手く排除できるかと存じます。拙者、余計な争い事が一番嫌いでございますゆえ」

「余もそう思う。正義を成し遂げるためには、時に無慈悲な判断も必要じゃ。でないと、父上のような人間が上に立ち、可哀想な人々がもっと増えることになるのでな」

「おっしゃるとおりでございます」

まるで相哀れむようなふたりは、お互い頷き合った。


嵐山が、「篠原慶順と会っていた目計頭巾の侍」が大和高取藩の江戸家老であることを摑んで、佐々木に報せたのはその翌朝のことだった。むろん、奥座敷で話していた内容などは知る由もない。

だが、古刹の本堂での「殿が江戸に近づいて……」とか「殿に飲ませて……」などという言葉は聞いていたから、

——江戸家老が、慶順が作った毒薬を使って、藩主を暗殺する。

のであろうことは容易に想像できた。

話を聞かされた佐々木はブルッと身を震わせて、

「とんでもないことが起こっているのだな……養生所から出された患者が死んだのは、効き目を試すのに利用されてたってことか」

と陰鬱《いんうつ》な顔になった。

「としか考えようがありやせん。すぐに錦先生に伝えて、遠山のお奉行様にもお報せした方が宜しいんじゃ……」

「うむ……」

「旦那。えらいこってすよ。このまんまじゃ、高取藩のお殿様が殺されることになります。しかも、江戸家老の佐久田主水亮《もんどのすけ》は暗いうちに旅立っています。へえ、門の外で、ずっと寒い中で張り込んで見てやした」

「……」

「きっと寺で話していたとおり、平塚宿に向かったのだと思いやすよ」

返事もせずにずっと考え込んでいる佐々木を、嵐山は揺さぶるように言った。

「旦那ッ。なんとか言って下せえ。このまま放っておいていいんですかい！」

「──ふむ……こりゃ俺たちの出る幕じゃねえな」

「そうではないか。大名の内輪揉めのことなんぞに、町方が関わるのは御法度だ」

「ですが、佐々木の旦那……！」

「分かっておる。養生所の患者が、試し斬りじゃないが、薬の実験に使われたとしたら、これは知らんぷりはできぬ。松本璋庵先生にも話して事を明らかにし、篠原慶順とやらをふん縛るしかあるまい」

「ですよね……」

「慶順が正直に遠山奉行に申し開きをすれば、高取藩内の事情も詳らかになって、そっちはそっちで、公儀のお偉方がなんとかするのではあるまいか」

「さすが、佐々木様。江戸一番の同心ッ」

嵐山はわざとらしく褒めたが、

「でも、慶順がそんなに簡単に口を割りますかねえ。なんたって公儀御殿医でしょ。上様の面倒を見ているんでしょ。養生所の璋庵先生だって一目置いてるそうだし、評判もいい。誰もが口を極めて慶順様々と褒め讃えているお医者様でしょ」

と不安に駆られて続けた。

「そんでもって、家老の佐久田の方が偉そうだったし、慶順は仕方なく従ってただけかもしれないし……」

「ふむ。そうだな……」

佐々木も慶順を切り崩すには、よほどの証拠がないと難しいと感じていた。

「下屋敷ということは、江戸住まいの妻子がいるはずだ。まあ大名からすれば、公儀による人質ってことだが、もしかしたら藩主を抹殺するということは、その辺りに理由がありそうだな」

「よくある跡取りの揉め事とか……」

「高取藩といえば、かつては旗本だったが、いつ頃からか大名になっている。若年寄か何かになる噂も耳にした……やはりここは、お奉行様にお頼みするしかないか」

「錦先生にも話して、急がないとまた犠牲者が出て、えらいこってすよ」

肝が据わっている嵐山の顔も、事の重大さを感じてか強ばってきた。

六

同じ日の夕暮れ――慶順は小石川薬草園の一角にある薬種研鑽所から出てくると、錠前に鍵を掛けて歩き去った。

入れ違いに、喜八が扉に駆け寄り、釘のような道具で、盗人のように開錠し、後ろを振り返った。

少し離れた所にいた錦がすぐさま近づいてきて、ふたりして中に入った。

そこには、明らかに薬品が作られている痕跡があった。西洋医学で使う道具が並んでおり、そのひとつの大きめのフラスコのような瓶の中には、粉末の薬品が保存されている。

キラリと目を光らせた錦は、手を伸ばして瓶の蓋を開けて軽く嗅ぐと、眉を顰《ひそ》めた。ほとんど無臭だが、少しばかり鼻腔に痛みを感じた。

「――これのようだわね。少し拝借しますか」

錦は取り出した懐紙に少量を落とし、元通りに戻した。

そのとき、ふたりの背後から男の声がした。

「まさか錦先生が泥棒をするとは」

振り向くと、そこには、見習い医師の仁英が立っていた。

「こういうこともあろうかと、私はここで張り込んでいたのですよ」

仁英は睨みつけたが、錦は平然と、

「あなたは、これが何か知っているのですね」

「さあ……」

「何かも知らないで、これを守っていたのですか」

「先生の出世を妬んで、邪魔をする者もいるからです。その薬は先生が何年もかけて作った疱瘡に効く薬です。今度もし、江戸に疱瘡が広がるようなことがあれば、多くの人々を救うために蓄えておく薬です」

「新しい薬ならば、何十人、いえ何百人もに対して試さねばなりません。あなた、その手伝いをしたのですか」

「いいえ。でも、その薬はこの小石川薬草園で栽培している薬草の中から、先生が色々な知識を駆使して吟味し、ようやく作り上げたものです。なのに、あなたはそれを盗んで、自分の手柄にでもしたいのですかッ」

よほど慶順のことを信頼しているのか、まったく疑いもなさそうだった。

「手柄になるような薬ならば、頂いていきたいですわ。私も大勢の人の命を救いたいのは山々ですからね」

錦はそう言ってから、懐紙に包んだばかりの薬を見せて、

「これを庭の池に入れれば、鯉が死ぬと思いますよ」

「えっ……」

「やってご覧なさい」

何を言い出すのだと、仁英は拒んだが、

「鯉や金魚でも殺すのは憚《はばか》られますよね。ましてや人の命を弄ぶことができますか。さあ、やってみて下さい」

「……」

「できないということは、もしかして、あなたも薄々勘づいていたのではありませんか？　どうなのですッ」

強い口調で錦に迫られたが、仁英は知らないと首を振った。だが、その粉末の薬

を池の鯉で試してみる気にはならなかった。

「養生所から退所した患者のことも、本当は知っていたのではありませんか」

「知らない！」

「医者が一番やってはいけないことは、嘘をつくことです。残念ながら、慶順先生は人を欺いて、こんな真似をしてきた。嘘つきは泥棒の始まりというけれど、人殺しの始まりかもしれませんよ」

「だ、黙れ……」

仁英の息は荒くなってきた。その内心を見透かすように、錦は冷ややかに続けた。

「慶順先生は、大和高取藩の江戸家老に頼まれて、密かに殺せる毒薬を作っていました。目的はおそらく、今の藩主を殺すためです」

「ま、まさか……！」

「あなたも毒薬だと知っていたとしたら、殺しに手を貸すことになりますよ」

打たれたように立ち尽くしている仁英だが、本当に毒薬とは知らないと言った。

そして、微かに震えながら、

「――大勢の人々を助けるためなら、少しの犠牲はやむを得ない……かつて、妻子を犠牲にしてまで、病を防ぐための薬を作った医者たちもいるではないですか」

「毒薬は作りません」

「そうじゃない。疱瘡に効き目はあっても、別の何らかの作用で、心の臓に悪い影響があったのかもしれない」

「治験が欲しいならば、投薬される当人の許しが要りますよ。黙ってこっそり飲ませるなんて、疚《やま》しいことがあるからです」

「そ、それは……」

どうやら仁英は、此度の退所者の突然の死は新薬の副作用だと判断していたようだ。いや、そう思い込もうとしていたのかもしれない。

「無味無臭に近いこの毒ならば、食べ物に混ぜても分からない。見破れる者はいないでしょうね。自分が作り出した毒薬の効果を調べたかっただけ。なんとも、おぞましいことではありませんか。とても医者のすることではありません」

錦が毅然と言ったとき、ガタンと音がして扉が外から閉められた。そして、錠前が閉められる音もした。

「⁉——」

そこにいるのが誰なのか察知した仁英は、扉を激しく叩きながら、

「慶順先生ですね！　先生は私を騙していたのですか！　璋庵先生にも嘘をついていたのですか！　答えて下さい、先生！」

と言うと、外から掠れたような声が返ってきた。

「仁英……おまえは優秀な見習い医だが、ここで錦先生とともに亡くなってくれ」

「な、何を言い出すのです！」

「私も医者の端くれだが、貧しい百姓に過ぎなかったこの私を、一端の医者にしてくれたのは、高取藩のある御仁だ……恩返しをせねばならんのでな。勘弁してくれ」

「慶順先生、やめて下さい。誰であれ、人殺しはやめて下さい！」

「もう遅い……すまんね」

それだけ言って離れると、しばらくしてメラメラと外で火が燃え上がる気配がした。油を撒いたのか、あっという間に炎は広がり、屋根の上まで達したようだった。

「――まずいわね。火に熱せられて、毒薬からの〝毒素〟がすぐに広がるかもしれない。焼け死ぬ前に、そっちで死ぬわ」

錦は恐ろしいことでも冷静に言いながら、逃げ道を探そうとした。

喜八はすぐに奥へ行って出口を探したが、秘密の部屋だったせいか、造りも頑丈で、余計な出入り口や窓はなかった。それでも、喜八は手当たりしだいに、置いてあった棍棒や鍬などの道具で壁を叩き壊そうとしたが、火の廻りの方が早かった。

「ちくしょう、このやろう！　なんてことをしやがんだ！　それでも医者か！」

いつもはおっとりしている喜八だが、年寄りとは思えない力で、懸命に脱出口を作ろうとしていた。

すると、仁英は奥の片隅にある小部屋を指して、「そうだ。向こうだ」と誘った。

「ここは、薬作りをしていて、何か不都合が生じたときに、害のある煙などから身を守るために作られた所らしい。外に出られる所もあるに違いない」

仁英は真っ先に飛び込んで、床をまさぐっていると、板が開いて空洞が見えた。そこから外に出られるようだ。

「錦先生、早く！」

仁英は真っ先に錦を押しやるようにしてから、喜八も入れ、自分は最後に這いずるようにして顔を入れた。裏手にはまだ火が及んでいなかったが、少しでも遅れていれば、焼け死ぬ前に、〝毒素〟でやられていたかもしれない。

その場から離れようとしたとき、「待て」と立ちはだかる人影がいた。

炎の明かりに浮かぶ姿に、仁英が目を凝らすと――養生所見廻り与力の鷹田だった。険しい顔で抜刀するなり、

「悪いが、ここから逃がすわけにはいかんのだ」

と斬りかかった。

喜八が思わず前に出て、錦を庇おうとしたが、さらに仁英が押しやって、鷹田の刃をガッと肩に受けた。

「うわっ……！」

苦悶の表情になりながらも、

「に、錦先生……は、早く、逃げて……」

と血塗れになって、鷹田の体にしがみついた。

鷹田は仁英を蹴倒して、さらに斬り付けようとしたが、錦はその腕を摑んで、小手投げの要領で投げ飛ばすと、相手の体は反転しながら近くの池にドボンと落ちた。

「おのれ……」

と這い上がってきた鷹田の鳩尾に、今度は喜八が拳を打ち込むと、即座に気絶した。

「このやろう！　おまえはどうせ切腹だろうぜ！」

と喜八が吐き捨てたとき、遠くから、養生所の者たちが駆けつけてくるのが見えた。その中には、慌てふためいている松本璋庵の姿もあった。

錦は仁英の体を支えて、自分の帯締めで縛り付けて止血をしてから、

「大丈夫、鎖骨は折れたようだけれど、死ぬことに比べれば掠り傷だわ。守ってくれてありがとう。でも、自己犠牲はよくないわ」

「えっ……」

「自分の身は大切にしてね。医者ならば尚更……けれど本当にありがとう」

燃え盛る炎は、薬種研鑽所を覆い尽くし、やがてすべては灰燼となって、毒薬を作った証拠も跡形もなく消えてしまうであろう。

「大丈夫か、錦……！」

駆け寄ってきた璋庵は、錦たちのことを案じ、仁英の手当てもすぐにさせた。が、錦は璋庵に対しても疑念を抱いていた。慶順に遠慮があったとはいえ、まったく何

も気付かなかったとは思えないからである。

しかも、養生所から退所した者のうち何人かが突然死したのなら、屯吉に対しても自ら検屍をして原因を調べるべきところ、それすら知らなかったというのは、あまりにも無責任過ぎる。養生所医師肝煎りとしては責めを負わなければなるまい。

「先生……何か、あなたですら逆らえないような大きな力があるのですか」

火事の場から離れながら、錦が尋ねても、璋庵は「本当に知らなかった」というだけだった。そして、小屋から離れることを急がせた。

「どうして、離れなきゃいけないのですか。それより、火を消しましょう」

「いや。ここは危ない。とにかく、養生所の方に……！」

「やはり先生は、ここにある毒薬のことを知っていたのですね。だから、危ないと思ったのですね」

「毒でなくとも、薬に熱が入れば思わぬ害が起こるものだ」

「そんなのは屁理屈です。先生。本当に知らなかったのですかッ」

責め立てるような言い草の錦からは、少し理性が失われていたが、璋庵は半ば無理矢理にでも、この場から遠ざけようとした。

だが錦は立ち尽くしたまま動かず、夜空に燃え上がる炎を怒りの目で見上げていた。その炎は悪魔の化身のようだった。

七

保土ヶ谷宿の本陣近くにある問屋場に、佐久田の姿があった。高輪の大木戸を出てから品川宿までは徒歩で来たが、その後は馬を使った。

この保土ヶ谷の問屋場で馬を乗り換え、一気に平塚宿まで行くつもりである。問屋場とは、移動する幕府役人や大名のために人馬を用立て、荷物を次の宿場まで運ぶ継立《つぎたて》の仕事をする場所のことである。他にも、幕府公用の書状を前の宿場から受け取り、次の宿場まで届ける務めもある。

「急ぎ、引き継ぎの馬を用意して貰いたい。火急の用だ、頼むぞ」

佐久田が命じると、問屋場の主人は丁重に承り、休息所に招いて茶を振る舞った。

そこで待っていると、保土ヶ谷本陣の当主・苅部《かるべ》清兵衛《せいべえ》が役人ふたりを連れてやって来た。佐久田の前に立つと、

「大和高取藩江戸家老の佐久田主水亮様でございますね」

と尋ねた。

佐久田は一瞬、エッとなったが、問屋場には名乗っているので、本陣の役人に知られているのは当然であろう。だが、来るのが早過ぎるし、わざわざ当主が出向いてくるのを不思議に感じた。

本陣の当主は何処も由緒ある名家の者がなっている。

この保土ヶ谷本陣は、北条家の家臣で、武蔵国鉢形城《はちがたじょう》の城代家老を務めていた苅部氏の末裔《まつえい》が当主となっている。一族には、豊臣秀吉《とよとみひでよし》軍と戦った武将もいた。慶長年間より、宿場本陣、名主、問屋の三役を幕府から拝命している。六代目当主は、かの紀伊國屋文左衛門《きのくにやぶんざえもん》の息子が婿養子となって担ったという。

八代目当主の清兵衛は、堂々たる体躯で、まるで戦国武将のような趣すらあった。

「本陣にて、お取り調べをしたいことがありますので、ご同行願えますか」

「なに……？」

「何卒、宜しくお願い致します」

「取り調べとは穏やかではないな。それに、身共は火急の用で、参勤交代で江戸に向かっている殿を出迎えるために……」

「ならば、この宿場でお出迎え下さいませ。植村駿河守様は、保土ヶ谷宿にも逗留されることになっておりますれば」

「承知しておるが、今申したとおり火急の用が……」

同行するのを明らかに拒否する佐久田に、清兵衛はやむを得ないという顔になり、

「ご公儀からの命令でございます。老中水野忠邦《みずのただくに》様の書状にございます」

と差し出した。

「なんと。み、水野様……⁉」

江戸家老や江戸留守居役は、幕府と藩の交渉役であるから、必要があれば幕府の人間と面談することもある。植村駿河守は若年寄に推挙されている立場ゆえ、佐久田も一度だけ水野本人と会ったことがある。

だが、ほとんどは、大目付など幕府役人とのやり取りだ。ゆえに水野自身からの命令で取り調べとは、嫌な予感が体中に広がって、

「一体、何の話でござろう」

と佐久田は訊いた。

「文を読めば分かりますが、篠原慶順という奥医師との関わりについて尋問せよ、とのことです。宜しくお願い致します」

清兵衛はあくまでも丁寧な姿勢を取っているが、目つきは鋭かった。

大抵の本陣には、お白洲もあり、宿場や周辺の村々で起こる事件の吟味や訴訟を取り扱うこともある。だが、旅の者を、しかも大名家の家老にいきなり尋問とは、めったに有り得ないことだ。

「はて、篠原慶順と言われても……」

佐久田は惚けてみせたが、

――そういえば、早馬が追い越していったが、まさかあれが……。

と不安になった。

清兵衛はすでに事情を承知している表情で、

「詳細をお尋ねしたいのでございます。拒むのは、佐久田様のご勝手ですが、役儀でございますので、その旨は水野様にお報せすることになります」

と明らかに強制していた。

ここで下手に騒ぐと、何もかもが水の泡になる。佐久田は「一体、何事か」と惚け続けながらも、清兵衛に従わざるを得なかった。

錦が再び、向島の『孤思庵』まで辻井を訪ねたのは、火事があってから数日後の小春日和の昼下がりだった。

辻井はこの前と同様に、ひとり庭いじりをしており、錦が声をかけるまで気付かなかった。いや、本当は気付いていたが、素知らぬふりをしていただけかもしれぬ。

「——おお。錦先生か……ここは近所の目など気にせずに済むが、足繁く通うと、妙な噂が立つやもしれぬぞ、はは」

辻井は軽く微笑んだが、錦は軽口などは受け流して、

「大和高取藩の江戸家老、佐久田主水亮が切腹をしました」

「え……？」

「すでに遠山様から、お聞き及びかもしれませんが、此度の一件を裏で操っていたことを認めて、自ら果てたそうです」

「何の話かな……」

「佐久田主水亮が藩主殺しを目論み、そのために所持していた薬と、私が持ち出し

た薬が同じだったことが判明したからです」

「……」

「小父様とは関わりないことですが、私の師である松本璋庵先生も責任を取って、養生所医師肝煎りを辞しました。でも、毒については本当に知らないとのことだったので、医師は町場にて続けられるよう、遠山様が配慮して下さったそうです」

「毒……とは物騒な……」

あくまでも知らないふりをしているとしか、錦には思えなかった。

「養生所で、篠原慶順が遅効性の毒を作っていたことは、ご存じですよね。少なくとも喜八さんが話しているはずです」

「ああ、そのことか」

辻井は盆栽いじりに戻ると、

「――どうして、お惚けになるのです。辻井の小父様らしくない。それとも、やはり……何かあるのですか」

と錦はその背中を凝視していた。

「養生所の薬草を使って毒を作っていたことを、もしかして小父様はご存じだったのではありませんか？　だから、篠原慶順の名が出たとき、遠山様の動きも早く、老中の水野様までが自ら動いた」

「……」

「もちろん、藩主殺しを事前に防いで、大名の内紛を鎮める意図もあったでしょうが、私が話しているのは、毒の効き目を試されて、被害に遭った人たちのことです」

錦は真剣に向き合って欲しいと、辻井の背中に向かって言った。

「だって、そうではありませんか。病を治してもらおうと思っていた人が、そんな目に遭わされて、可哀想過ぎます」

「そうだな……」

「気のない返事ですね。吟味方与力をしていた頃の小父様なら、どう判断しますか」

「どうって……」

「篠原慶順は公儀御殿医の立場ですから、お咎めなしですよ。しかも、自分が意図して毒を作ったのではなく、たまさか出来たものを、佐久田に利用された……などと、いけしゃあしゃあと、お白洲でも述べていました」

「……」

「そんな恐ろしい医者を、奥医師のひとりとして置いておくことは、上様にとって大変危うございませぬか」

「……」

「違いますか」

「――それがな、錦先生……」

辻井はしゃがみ込んで、盆栽の手入れをしながら言った。

「上様がお気に入りの奥医師なので、水野様も困っているらしい。むろん、慶順が上様をどうこうする訳がないし、そもそもまだ奥詰医師に過ぎぬし、お側に仕える奥医師は二十人もおるから、慶順の勝手はできぬ。毒味役もおるしな」

「私はそういう話はしておりません。小父様も此度の毒作りのこと、本当は知っていたのではありませんか。だから、密かに喜八さんに探索をさせていた」

「……」

「喜八さんだけではありません。元植木職人という助次郎という人も、小父様の密偵のひとりではありませんか」

「どうして、そう思うのだ」

「養生所から出ろと言われても、決して出なかったそうですから。それに、屯吉さんのように殺されてもいませんからね……私は会ったことがありませんが、助次郎らしき植木職人が、八丁堀の屋敷の手入れをしていたそうですし、この屋敷にも出入りしてますでしょ」

錦は少し寂しそうな顔になって、

「私、小父様のことが信じられなくなってきました……そりゃ隠居してからも、遠山様のみならず、幕府の要人たちとお付き合いがあるのだろうとは思っていましたが、人殺しの手伝いまでされるとは……」

「おいおい、物騒なことを言うでない。近頃の錦先生はどうかしておるぞ」

辻井は困ったような表情で、曖昧に話を逸らそうとしたが、錦は凝視したまま、

「私の父は、辻井の小父様とは肝胆相照らす仲、竹馬の友以上の大親友だと話していましたが、一度だけ、こう言ったことがあります」

「……」

「仁徳ある人柄は言うまでもなく、正義感に燃え、他者へも慈悲深い。だが、本当に信頼できるかどうかは分からぬ、と」

「ほう。徳之助がそんなことを、な……」

「何故だと思いますか？」

「はて。私とおまえさんの父上とは、無二の親友だから、さようなことを言ったということの方が信じられぬ」

「将軍家御庭番の係累だからです。しかも、御庭番十七家筆頭格の川村《かわむら》家と深い関わりがありますよね、辻井家は……まさに大名ならば家老というところでしょうか」

「……さよう。だからこそ、与力としても出世できたのかもしれぬ」

「誤魔化さないで下さい。吟味方与力の頃からかもしれませんが、法で裁けない、のさばり続けている悪党を、陰で抹殺していたのではありませんか？」

錦が真顔で言うと、辻井は吹き出して笑った。あまりに荒唐無稽過ぎて、反論する気にもならないという表情だった。

だが、錦はやはり揺るぎない真剣な目つきで、

「此度の一件でも、佐久田は潔く切腹したとのことですが、本当は知らぬ存ぜぬを決め込んで、往生際も悪かったそうです」

「……」

「処分に立ち会った人から聞きました。これでも番所医ですから、誰かから耳に入ります。それに……私の見張り役に付けたはずの中間の喜八さんは、一緒に暮らしているせいか、とても信頼できるようになりました」

「つまり、佐久田は切腹ではなく、誰かに消された、とでも？」

「はい。篠原慶順のことが表沙汰になれば、色々と不都合なことが、御公儀にあるということでしょう……慶順は私たちを殺そうとしたのですよ。それすら不問ですからね」

「……」

「私の思い込みかもしれませんが、慶順が作っていた毒薬は、それこそ法で裁けぬ者を抹殺するために作ろうとしたものではありませんか？　世の中のためによかれと思ってのことかもしれませぬが、そんなものを使うなら、同じ人殺しです」

「――考え過ぎだ、錦先生……そんな輩はおらぬよ。ましてや、お上がさようなことをするわけがない。断じてない」

辻井もキチンと向き直って、朗々と言った。

「錦先生は此度の一件に限らず、いつも事件に深入りし過ぎて、心が疲弊しているのであろう。徳之助にもそういう面があったが、人のことを、我がことのように考え過ぎる。もう少し、穏やかに暮らす方がよい」

「番所医に推挙して下さったのは小父様ですし、瑋庵先生でしたが……」

「うむ……やはり、男ばかりの奉行所に、女医者には少々無理が過ぎたかものう」

「いいえ。私には程よい心地よさすらあります。これからも、私なりに医術を通して、悪には立ち向かい、目の前の人を救いたく存じます。そのためには、小父様とて容赦はいたしませぬ」

「容赦せぬとは……はは、お手柔らかに願いたいものだ。徳之助には、錦先生の婿取りのことも頼まれておるのでな。子を儲けて貰って、八田家を存続させないとな」

「余計なお節介はお断りします。私は、人の命を弄ぶことが許せないだけです。ですから、前にも申し上げたように、たとえ上様をお守りするためだとしても、人の命を犠牲にすることなきよう……」

錦は凝視したまま軽く頭を下げると、

「小父様も心静かに余生をお過ごしになられることを祈っております」

と言って背中を向けた。

庵を出てから隅田川の土手を歩きながら、錦はなぜかふいに涙が込み上げてきた。

世の中には、同じ命でありながら、犠牲になる者とそうでない者がいる。等しく尊いと綺麗事を言いながら、命を捨てろと命じたり、蔑《ないがし》ろにする者もいる。

錦は自分なりに、人の命の大切さを守り抜くことを、煌《きら》めく川面に向かって誓った。

第四話　般若の罪

一

今宵は刃のような三日月が浮かんでおり、天守閣がかつてあった石垣が、微かに見える。つい先刻まで、城壁には所々に篝火がともっていて、濠の水も燦《きら》めいていたが、灯を落とす刻限が過ぎてから、城は真っ黒な布で覆われたようであった。

ザワザワと柳が揺れて、灌木の間の下草からも、何人かが踏みならすような足音がする。だが、時々、女が喘ぐような洩れ声が聞こえていた。漆黒の闇から、這い上がるように悶え声が起こると、

「きゃあ……！」

と今度ははっきりと女の声が聞こえた。

だが、すぐに猿轡でも噛まされたようにくぐもって、喘ぎ苦しむ声に変わった。

やがて激しく足をばたつかせたのか、ガサガサと激しく下草が揺れた。

漆黒の闇の中で起こっている事は、どうやら不届きな侍が、か弱い女を連れてきて陵辱しているようだった。たったひとりの女を、三人がかりで手籠めにしていたのだ。いずれも、まだ十六、七歳の若侍である。

そのとき、ベキッと枯れ枝か何かを踏む音がし、三人は同時に振り返った。

「⁉——誰だ……おまえは」

立ち上がろうとした若侍のひとりの眉間に、いきなりガツッと刀が振り下ろされ、鮮血が飛び散った。暗くてよく見えないが、血であることはすぐに分かった。

「ひ……ひい……」

他のふたりの若侍が這いずって逃げ出した。足だけはすばしっこく、こけつまろびつしながらも、あっという間に斬られた仲間を捨てて逃走した。

仰向けに倒れているのは若い娘だったが、失神しているだけだった。着物の裾がたくし上げられ、白い足には無惨な切り傷が幾重にもあった。若侍の眉間を叩き斬った男は、鞘に刀を収めてから、裾を戻して足を隠してやった。

だが、その男は女をそのままにして、踵を返した。微かに月と星の明かりに浮かんだ姿は、夜だというのに深編笠であった。口元から顎にかけては、立派な髭を蓄えていた。それは、公儀や藩に仕えていないことを物語っている。しかし、浪人にしては、折り目正しい黒っぽい羽織袴を着ており、いかにも武芸者らしい足取りであった。

翌朝――。

眉間をパカリと割られて死んでいる若侍の姿は、赤坂見附に向かう途中の公儀番方の役人が見つけた。

すぐさま北町奉行・遠山左衛門尉が中心となって探索が始まったが、殺された若侍の身元が、勘定方の旗本・篠塚玄蕃《しのづかげんば》の子息、数馬《かずま》であることがすぐに分かったため、目付の相良忠直《さがらただなお》も一緒になって、探索を進めることとなった。

殺された現場を丹念に検分していたのは、北町奉行所定町廻り筆頭同心の佐々木康之助と、岡っ引の嵐山である。

すでに幾つもの〝遺留品〟を見つけていた。印籠や根付け、扇子や脇差し、女物の帯締めや簪《かんざし》なども落ちていたのを、拾い集めた嵐山は、首を傾げながら、

「殺された篠塚数馬の他に、侍も何人かいて、女もいたってことですかね」

と訊くと、佐々木も唸って、

「てことだな……女を取り合って、争って斬り合ったか……」

「そんな艶っぽい話なら、こんな鬱蒼とした所でやりますかねえ。しかも、下手をすれば見附の番人にも見つかるだろうし」

「いや。夜中は真っ暗だからな、この辺りは……俺だって気持ち悪くて、ひとりで来るのはいやだぜ」

「たしかに、旦那はお化けが恐いですからねえ」

「余計な事を言わずに、もっとちゃんと調べろ」

「調べてますよ。へえ、へえ」

「なんだ。近頃、妙に不満そうではないか」

「袖の下をあちこちで貰ってんですから、もう少し給金を上げてくれねえかってね。あっしも色々と出ていくものがあって」

「結局、金の話か」

「旦那だって、大好きでやしょ？」

「分かった、分かった。そう突っかかるな。この事件が片付いたら、ドンと上げてやるから、しっかり働け」

「ほんとですね。しっかり聞きやしたよ」

耳を向ける嵐山に、佐々木は面倒くさそうに「ああ」と頷いた。

そのとき、ふと視線を感じて一方を見やると、町方中間らが木に結んだ〝保存縄〟の外に立っている老人が目に入った。袖無しの羽織に野袴という姿で、竹箒を手にしている。少し背が丸くなっているから、杖代わりかもしれぬが、目には妙な力があった。

佐々木がその老人の方に向かい始めると、嵐山は訝しげに、

「どうしたんです、旦那……」

「おまえは、とにかく、この場に残っていた者のことを洗ってくれ」

「へえ」

駆け出す嵐山を見送って、佐々木は老人の前に立った。

「ご隠居……この近くにお住まいですか」

「私……？」

老人は自分を指さし、辺りを見廻してから、

「そうですな。隠居なんて言われるのは、私くらいですな……いやいや、自分ではさほど年を取っていないつもりですが、そう見えるのですな、はは」

愛想笑いをする老人に、佐々木は険しい目のままで、

「近くに住んでいるのかと訊いているのだ。この辺りは武家屋敷が多いが、あの若侍は一刀のもと眉間を割られている。もしかして、そういう危うい者が、近くにいるという噂を聞いたことがないかと思ってな」

「はて……私は、すぐそこに拝領屋敷がある保科兼元《ほしなかねもと》という者でござる」

「保科兼元……」

佐々木は口の中で繰り返して、アッと老人を凝視した。

「もしや……勘定奉行まで務められた……保科摂津守《せっつのかみ》兼元様……！」

「さよう」

「こ、これは、失礼をば致しました。申し訳ありません。そのような格好をなさっておいでですので、てっきり……」

只の爺さんかと思った——という言葉は呑み込んで、いたく恐縮する佐々木に、保科は微笑み返して、

「近頃は、心がけの悪い者が多くてな、そこかしこに物を捨てていく。猫でも自分の糞くらいは始末をするのに、人間の方が手がかかる。まったく、いつから、だらしがない輩が増えたのか」

と掻き集めた割れた茶碗や壊れた文机や沢山の紙屑などを、箒で指した。すぐ近くにガラクタと塵芥の山がある。保科は近所の武家の奉公人や裏店の住人などと一緒になって、塵芥の処理をしているという。

「それは、ご苦労様です……しかし、まったく不届き者ですな……町方の方でもしかと見廻って、注意を促しておきます」

「ああ。宜しく頼みますよ」

「ハハ……」

隠居の身とはいえ、相手は元は五千石の大身の旗本である。権威や権力に弱い佐々木は、異様に緊張して直立したままで、

「ところで、昨夜のことですが……女の悲鳴とか、言い争う声とかを聞きませなんだか。保科様ですから話してもよかろうと思いますが、実は旗本のご子息で篠塚数馬という御方が、額を割られて殺されていました」

「ほう。それは、それは……」

笄を小脇に抱えて、保科は目を閉じて合掌をした。

「まだ原因が何かは分かりませぬが、その場には、女の簪なども残っておりますゆえ、何か揉め事でもあったのであろうと推察しております」

「何とも痛ましいですな」

「まだ十六、七の若侍です……近頃は、旗本の子息らが、つるんで人々に迷惑をかけている話も聞きます……あ、いえ、保科様のご子息がそのようなとは、言っておりませぬよ」

思わず佐々木は手を振って否定したが、保科は寂しそうな笑みを浮かべて、

「いえ……私の倅は、もう三年も前に亡くなっておりますのでな……」

「え……それは悪いことを、お聞きしました……」

しんみりとなった保科に、佐々木はどう返してよいか分からず、

「──あ、とにかく……もし何か気になることがあれば、拙者……北町奉行所の佐々木康之助という者ですので、お報せ下さい」

「分かりました。一刻も早く、下手人が見つかればよろしいですな」

保科は軽く頭を下げると、トボトボと濠沿いの道を屋敷の方へ戻っていった。

時々、箒で塵芥や枯れた草花を掃いている。

「楽隠居……とはいえ、息子を亡くしたのなら、寂しいのであろうな」

佐々木は小さく溜息をついて、静かに見送っていた。

二

保科家は千鳥ヶ淵から、堀端一番丁と御用地を越えた新道一番丁の武家屋敷が立ち並ぶ中の一角にあった。大名屋敷が多く立派な長屋門が続くが、保科の屋敷も一際目立つ大きな屋敷だった。

外から見れば瀟洒《しょうしゃ》で落ち着いた感じだが、表とは違って、屋敷の中は金糸銀糸の刺繍や金箔を張り詰めたような屏風、狩野派の襖絵、天井も彩色豊かな絵や紋様が施されている。表で近所のおばさんたちと仲良く、塵芥拾いをしている好々爺とはまったく違った印象の屋敷内であった。

家臣は何十人もいるようだが、身近な面倒は中年の米兵衛《こめべえ》という小者がほとんど担っており、奥向きの女たちとの交流もあまりなさそうであった。

黄金の髑髏《どくろ》や金色の床几などはもう悪趣味としか言いようがなく、外面と内向きの二面性を物語っていた。かといって、家臣をいたぶったり、近所の下級武士や町人を蔑んだりというのではない。常に黄金に包まれているような暮らしを長年してきたのであろう。慣れきった様子で、妙ないやらしさがないのは、まるで世捨て人のような風貌と態度だからであろうか。

「――殿……」

遠慮がちな声が、廊下から聞こえた。米兵衛のものであることは、保科にはすぐに分かった。安堵したような笑みを浮かべて、口に咥えていた煙管を外すと、

「米か。構わぬ、入れ。一々、遠慮をするな」

「ははッ……」

入って来たのは、四十絡みの小柄な男である。気心が知れていても、主君と家臣、いや家来以下の小者であるから、恐縮して当たり前であった。

「謡と仕舞をお見せするために、能楽師を連れて参りました」

「さようか……ならば、それへ」

障子戸を開けると、能楽堂が設《しつら》えられている中庭があった。キザハシの下は池になっており、きらきらと陽光が光っている。

人間の情念を〝わびさび〟をもって表現する能楽であるにも拘わらず、能楽堂の屋根は金ピカで、鏡板《かがみいた》の青松は青々としており、本舞台や橋掛かりは檜のままだが、シテ柱、目付柱、脇柱、笛柱は金色だった。

どう見ても悪趣味な能楽堂で、舞わねばならぬ能楽師はさぞや気味悪いことであろう。だが、元々、幽玄能が多いゆえか、面を付けた役者の動きは堂々としたもので、地謡も腹の底から響き渡る声には、人の魂を剔《えぐ》るような得体の知れない力があった。

ふつうは太鼓や鼓、小鼓、笛が入るが、なぜか保科は、それらを排除して、謡と舞いだけで、『胡蝶』や『西行桜』などに接するのであった。ぼんやりと観ているが、保科の顔は楽しんでいるのか、苦しんでいるのか分からぬ複雑な表情であった。

「殿……心の臓は大丈夫でございますか」

同じ座敷だが、離れた下座で一緒に観ていた米兵衛が声をかけた。眉間を寄せているので苦しいのかと思ったのだ。心の臓が時折、不整脈になる持病が、保科にはあったのだ。

保科は目を細めたまま、恍惚の笑みを浮かべて、

「息子の蘭之介《らんのすけ》も大層、能楽は好きだった。観ているだけで、頭の中のもやもやが消えて、気持ちよくなるとな」

「はい……大丈夫ですか」

「案ずることはない。能楽を心から楽しんでいた息子の顔を思い出したまでだ。米兵衛、おまえには退屈だろうがな」

「そのようなことはございませぬ。近頃、少しばかり、描かれていることの意味が分かるような気がしてきました」

「さようか。私は未だに分からぬ、ははは……」

穏やかな目を向けると、保科は満足そうに頷いた。


北町奉行所の定町廻り同心部屋では、蜂の巣を突いたような騒ぎになっていた。

篠塚数馬の死体が見つかった所に落ちていた遺留物から、すぐさま旗本の息子仲間のふたりが一緒であったことが判明したのだ。岡島陽三郎《おかじまようさぶろう》という長崎奉行の息子

と、瀬川幸之介《せがわこうのすけ》という山田奉行の息子であった。いずれも親は大身の旗本である。

殺された篠塚数馬は、わずか三百石の旗本の子息ゆえ、他のふたりよりも随分と格下である。この篠塚が殺された理由は、岡島陽三郎も瀬川幸之介もきちんと話そうとしない。目付の相良がそれぞれを何度か、呼びつけて質問をしたものの、ふたりとも、

「知りませぬ。さような所へは行っておりませぬ」

との一点張りだった。では、遺留品である印籠などの類はどうしたのかと、目付が問い詰めても要領を得なかった。

だが、北町奉行の遠山左衛門尉が、ふたりの親に許可を得ずに、評定所に呼びつけて、まるで断罪でもするように、執拗に問い詰めたのだ。そのことで、幕閣らは厄介事になってしまうと恐れて、遠山の権限を封じて、一切を相良に委任してしまった。

岡島陽三郎の父親・岡島豊後守と瀬川幸之介の父親・瀬川日向守《ひゅうがのかみ》が旗本ながら、守名乗りをしているのは遠国奉行として任地に赴いているからであり、格式からいっても、江戸町奉行、勘定奉行、寺社奉行というわゆる三奉行と同等である。長

崎奉行の岡島家は家禄と役高を合わせて八千石の大身であった。

その子供たちを、一方的に責め立てる遠山の強引さに、老中や若年寄が「待った」をかけたのである。

「我がお奉行が睨みは……岡島陽三郎か瀬川幸之介のいずれかが、あるいはふたりが、篠塚数馬を殺した……ということだ」

佐々木は、嵐山に小声で言った。

奉行所を出てから、京橋の方に向かった所にある茶店である。

「どういうことです、旦那……」

「だから、大身の旗本のご子息ふたりが、仲間を殺したってことだよ」

「そういう意味じゃなくて、なんで俺にそんな話をするんです」

「え……？」

「だって、公儀のお偉い方々が、遠山様を身動きできなくしてまで、事件の真相を目付に委ねたんでしょ？　もう、あっしらがあれこれ探索することは……」

「尻込みするのか、嵐山」

「別に。ただ、俺たちが、しゃしゃり出ることではないかと」

「たしかに、そうだが……岡島陽三郎、瀬川幸之介、篠塚数馬……この三人は、旗本のガキどもの中でもタチの悪い奴らだと評判で、〝般若党《はんにゃとう》〟と呼ばれている不良どもだ」

「般若党……酒かよ……」

「悪い奴らを叩きのめすなどと息巻いているが、ただの乱暴者だ」

「そうなんで？」

「甘やかされて育った旗本のガキどもは、大体が親の権威を笠に着て、ならず者を手下に使って、弱い者いじめをするのが相場だ。若いくせに、ろくに剣術の稽古もしねえから、力が有り余って、その分、悪さばかりしているって輩だ」

呆れ返った口調になる佐々木に、嵐山は頷きながらも、

「だからって、旦那が調べることじゃありやせんよ。どうせ、仲間割れかなんかだって、お奉行もそう睨んでるでやしょ？　だけど、きちんとした証拠はないわけだし、旗本のガキ同士の喧嘩で、あれこれ揉めたくないし、世間体もあるから、この一件、公儀のお偉方は密かに葬ろうと……」

「そうではないのだ」

真顔になって、佐々木は言った。

「その遠山奉行に、耳打ちされたのだ……密かに探索して貰いたいことがあると」

「お奉行に耳打ちを……？」

言いかけて嵐山は、ケラケラと笑った。

「旦那……まだ残暑が厳しいとはいえ、頭ン中が溶けてやすね。第一、袖の下を貰うのが関の山で、ろくに手柄も立ててねえ旦那が、お奉行直々に囁かれるわけがねえ。あるとしたら、肩叩きだ」

「黙って聞け、バカやろうめが」

険しい声で制すると、佐々木はまた声を潜めて、

「いいか。お奉行が、〝般若党〟と呼ばれる不良たちが仲間割れしたと言ったのは、目付の探索の目を逸らすためだ」

「目付の目を逸らすって……洒落ですか」

「おい」

「あ、へえ……すみません」

「お奉行の狙いは他にある。別の誰かが、仲間割れに見せかけて殺したか、さもな

くば、俺たちが思いも寄らぬ訳があるに違いないと睨んでいるのだ」

もったいぶったような言い草に、嵐山は少し苛々して、

「だから、何なんでやす。その訳とは」

「それを探索せよって命じられたのだ。いいか……もし只の仲間割れとか喧嘩ならば、物を落として逃げることは考えられないし、あの場所でやるとも思えぬ……そして、女物の簪……一体、誰の物で、どうして、あの場所にあったかってのが謎だってんだ」

「お奉行が……」

「ああ。〝般若党〟が隠したがる何か裏があることは間違いあるまい。奴らの父親は赴任先だが、いずれ厄介事は揉み消しにかかる。さすれば、目付の相良は旗本を見張る役目とはいえ……いや、だからこそ、上から言われて、肝心なことをわざと見逃す虞《おそれ》がある」

「分かりやした。遠山のお奉行様は、一旦、事件から引くと見せかけて、真相を探るってことですね」

「さよう。その密命が俺に下された……ってことは、出世の目もあるということ

だ」

欲の皮が突っ張った佐々木を見て、嵐山も手間賃が上がると算盤を弾いたのか、

「いいですねえ、いいですねえ……前祝いに一杯いきますか。茶じゃ、つまらねえし」

「それは、糸口を摑んでからにしよう」

「糸口って？」

「女だよ……簪の持ち主を探し出せば、そいつがその場の様子を見たかもしれぬからな。一挙に事件の核心に迫れると思うのだがな」

「なるほど……」

「奉行から預かってきた。これだ……」

簪には、小さな赤い鶴の絵柄が彫られている。これをもとに職人を隈無く当たれば、さして造作のないことであろうと、佐々木は踏んでいるのだ。

「よし、分かった。探し物は、あっしの得意中の得意なことなんで」

嵐山はその簪を大切そうに懐に仕舞い込むと、すぐに腰を上げた。

「おい。質屋に持ってってなんて、よからぬことを考えるなよ」

「旦那とは違いやすよ」

真顔で駆け出していく嵐山を、佐々木は苦笑いで見送った。

三

雑踏の中で殺気を感じるというのは、めったにないことである。

八田錦は背中に痛い視線を感じて、近くにあった一膳飯屋に入った。食台が五つばかりある小さな店だが、奥に行って壁を背にして腰掛けると、味噌田楽と菜飯《なめし》を頼んで、濃い茶を貰った。

若くて美しい女がひとりで入るような店ではない。客の男衆たちは、むしろ奇異な目で錦のことを見ていた。

ずっとまとわりついていたような殺気が、店の前で止まり、外の熱気とともに、そして暖簾をくぐって入ってきた。五十絡みの清潔感漂う侍である。一見して、幕府の御家人か何処かの藩士であろうことは分かったが、身元までは分からない。

錦は素知らぬ顔をして、茶をすすっていたが、その侍は奥の席にゆっくりと近づいて来ると、スッと腰をわずかに屈め、いきなり抜刀して錦に斬りかかった。

すでに見抜いていた錦は熱い茶をサッと相手の顔にかけたが、素早く避けられ、二の太刀を落としてきた。錦は鞘から刀を半分だが抜くと、ガキンと相手の刀を受け、体を預けるようにして押し返した。

相手が二、三歩後ろに引いたときには、錦はすでに相手の懐内に入っており、髪から抜いた簪の先を喉元に触れさせていた。顔もハッキリと見える。鋭い殺気や身のこなしとは違って、大人しくて真面目そうな風貌である。

一瞬にして凍りついた店内の客は、逃げ出すこともできないくらい強張っていた。

「用件があるなら、まずは口で言うべきではありませんか」

錦は簪を握りしめたまま言ったが、返事はない。

「それとも、声が出ないのですか。ならば、何処が悪いか診てあげましょうか?」

「……畏れ入りました」

侍はすぐに刀を引くと鞘に戻して、土下座でもするかのように腰を落とし、錦を見上げた。周りの客たちはザワザワしたが、また刀を振り廻されてはかなわないとばかりに逃げ出していった。

相手から殺気が消えたと感じた錦だが、気を抜かないまま腰掛けた。

「宜しいですかな……」

侍は打って代わって遠慮がちに言いながら、錦の前に座った。

「申し訳ございませぬ。改めて、お詫び申し上げます」

「――それにしては、洒落にならないくらい殺気が強かったですがね」

平然としている錦の姿に、店の主人らも目を丸くしている。

錦は田楽と菜飯の代金を置き、もう作らなくて結構ですと店の主人に詫びてから、五十絡みの侍とともに表に出た。

相手は錦が番所医であることも承知しているようだった。歩きながら話していると、佐々木康之助や嵐山のことも知っていることが分かった。

殺気が消えたとはいえ、相手が招く所へ付いていくほど、錦はお人好しではない。臆病者ではないが、警戒心は強い。

ゆえに、錦の方から五十絡みの侍を誘ったのは、『桃桜』という料理屋だった。

丹波の下り酒をきゅっとやってから、鰹と〝鮪〟をあてに話を聞いた。相手は錦が思ったとおり、幕府の御家人で、普請奉行配下の内山光治郎《うちやまこうじろう》という者だという。

いわば下級役人だが、それにしては剣術の腕前はなかなかのものだ。

「私にあんな真似をした理由を、お聞かせ下さいませんか」

「挨拶代わりの腕試しです」

「はあ？　私は本業が町医者ですから、武術を極めたわけではありません。本気で斬る気はないと察しましたが、気迫は本物でした」

錦が訝りながら言うと、内山はまた恐縮したような目になって、

「八田先生は、体だけではなく、心の病も治してくれると聞き及んでおります」

「ええ。病は気からといいますからね。でも、〝息・食・動・想〟……日頃の暮らしぶりが心を作るということです」

「――実は……私の娘を救って貰いたいのです」

手荒い真似をした相手を、錦は俄に信じることはできないが、ならば娘を直に会いに来させればよいと伝えた。だが、外にすら出られないという。

「何か子細があるのですか」

「はい……実は、命を狙われているのです。だから、心を病んでおり……」

「誰にです」

「それは……」

「もしかして、勝手に惚れた男が、しつこく迫ってくるとか？　近頃は、ちょっとしたことで逆上して、殺す輩もいますからね」

「いいえ、今は言えませぬ」

じろりと内山を見やった錦は、半ば呆れた声で、

「あれだけの気迫で人に斬りかかっておいて、命を狙われていると言われましてもね……一歩間違えれば、こっちは怪我では済みませんでした……その腕があれば、娘のひとりやふたり、守ってあげられるのではありませんか」

「できることなら、そうしたい。だが、敵は思いの外、執拗で……拙者も役儀があるゆえ、一時も娘と離れずにいることなどできませぬ。中間や小者はおりますが、一緒に殺されるのがオチでござる」

「それほど恐ろしい相手なのですか」

「ええ、まあ……」

「どうも、はっきりしませんね。娘の亭主が乱暴を働くとか、しつこく嫁になれと迫ってくるとか、そういう輩に付きまとわれているからなんとかしてくれと、奉行

所に頼んでくる人はいますがね」

「まあ……その類です」

「ならば、もっと明瞭に言って下さい。娘さんを救って欲しいと言われても、闇の中に飛び込むようなものです」

「……」

「外に出ることができないのなら、一度、私の方から訪ねていきましょうか。それも拒むのならば、話になりません。お互いの信頼を築かないままで診療なんてできませんよ」

錦が断る姿勢を見せたので、内山はわずかに狼狽したように、

「お待ち下され……里奈《りな》の……娘の命がかかっているのでござる」

「だからこそ、真実を話して下さい」

内山はしばらく唇を一文字にしていたが、

「――承知しました……」

と頷くと、しっかりと錦を見つめて、訥々《とつとつ》と話した。

「先日、千鳥ヶ淵で、旗本の子息である篠塚数馬という若者が殺されました。先生

も検分したのですよね」

「いいえ。お武家のことなので、それには立ち会ってませんが」

「額を一刀のもとに割られたとかで、町方と同時に、番方でも調べております。その場にいたのは……私の娘を含めて、四人と思われます」

「四人……おたくの娘さんも……」

「三人の男たち……いずれも〝般若党〟と呼ばれる評判の悪い連中で、私の娘を……りょ、陵辱したのです……」

最後の方は苦しそうに喉に痞えた。それで、心を病んでいるのかと、錦は察したが、予断をもって臨むのはやめた。

「陵辱した奴らは、殺された篠塚数馬の他に、岡島陽三郎、瀬川幸之介……といういずれも父親は奉行職を担っている身分の高い旗本の子息です。殺された篠塚数馬の父親だけが小身のようでしたが旗本には違いなく、と……とにかく、娘を酷い目に遭わせた輩のひとりが殺されたのです」

「旗本のご子息が殺された事件については聞いておりましたが……そうですか、その場にいたのが、娘さんでしたか」

「はい……」

「でも、まだ篠塚という人を殺した者は分かっていないそうですが」

「そのことなのです……」

内山は苦しそうな声で続けた。

「私の娘の話では、三人に陵辱されていた途中、はっきりと顔は見えなかったが、髭面の編笠の侍が来て、いきなり篠塚数馬を斬り……篠塚を狙って斬ったのか、目の前にいたから斬ったのかは分かりませぬが、とにかく娘はその編笠の侍に助けられたのです……」

「助けられた……」

「あ、いいえ、乱れた着物の裾を直してくれただけで、立ち去ったのだろうとのことですが、その前に、岡島陽三郎と瀬川幸之介のふたりは、恐れをなして逃げたのです」

「もしや、そのふたりが、口封じに娘さんの命を狙っているとでも？」

「そのとおりです。町方や番方では、岡島と瀬川、そして篠塚の間で何か仲間割れになるような揉め事があり、そのために斬り合いになったのでは……と踏んでいます」

「……」

「しかし、事実は違う。誰かが娘を助けるために、篠塚を斬ったのです」

「だとしたら、岡島と瀬川という若造ふたりは、正直にそう言えばよいことですよね」

「そんなことをすれば、娘を陵辱したことが表沙汰になるかもしれませぬ。人殺し扱いをされるよりはマシだと八田先生は思うかもしれませぬが、岡島と瀬川にとっては……いや、父親の立場も危うくなるでしょう」

「でしょうね……」

「こちらとしても、私の娘が公の場で、陵辱されたことなどを話せば、一生……人目を忍んで生きていかねばなりませぬ。ええ、たとえ自分が悪くなくても、害を受けた方であっても、さようなことは世間には言えませぬ」

　錦は自分が女であるから、男に無理矢理、陵辱されることなど耐えられないのは、よく分かる。しかも、何人もで手籠めにする男らが目の前にいれば、問答無用に斬り殺すかもしれない。

そんなことを思ったが、錦は確かめるように訊いた。

「岡島と瀬川とやらが口封じをしようとするのは、万が一、里奈さんが話し、そのときにあったことが公になるのを恐れているから、ということですね」

「はい。篠塚数馬殺しについては、町方は手を引き、番方だけで探索を続けているようです。ということは、おそらく揉み消しにかかっているのでしょう。そして……篠塚数馬を斬った奴を探し出して、それも闇の中で始末する……つもりではありますまいか」

内山は考え過ぎかと思ったというが、話を聞いていた錦も、すぐに脳裏に浮かんだことだ。

「なるほど。だから、娘さんの心の病を治して、違う人生を与えたいと……」

「おっしゃるとおりです。どうしたら、心が救われるか。嫌なことが忘れられるのか……助けて貰いたいのです」

内山は縋るような目になって、錦に訴えた。

「どうか、娘を助けて下され。それが叶えられれば、私はこれまでどおり、お勤めを続けながら……」

と言いかけて、内山は口をつぐんだ。

錦はギロリと睨み返して、

「もしかして……仇討ちでもするつもりじゃありませんか」

「まさか。決して、そのようなことは……畏れ多くてできませぬ。だからこそ、娘を救いたいのでござる」

畏まって言ったが、内山の大人しそうな目の奥では、別のことを考えていることが、錦には手に取るように分かった。

四

日本橋数寄屋町の自身番でのことである。商家の女将風の中年女が訪ねてきて、大声を出して嵐山にしがみついていた。

「何度、話したら分かるんですかッ。私の娘……郁《いく》が行方知れずになって、もう十日も経つんですよ！　しっかり探して下さいな、嵐山親分！」

「だから、探索中だって言ってるだろうが。こちとら、他にも色々と忙しいんだよ」

「なんですよう。旗本の息子が殺されたら一生懸命調べるくせに、町娘がひとりいなくなったら、神隠しでお終いですか」

「そんなこと誰も言っちゃいねえだろう。物事には順番が……」

「もう十日も前ですよ！」

「鼓膜が破けるじゃねえか、こら……」

嵐山が軽く押しやると、女将風は両手で叩き返してから、

「小耳に挟んだんですがね。その旗本の息子が殺されたっていう所に、簪が落ちてたんでしょ。もしかして、うちの娘のじゃ」

「ああ、それなら、もう分かった。ありゃ五両は下らない代物でな、しかも彫り研とかいう凄腕の職人が作ったものだ。おまえさんの娘、そんなものを挿してる玉かい？」

「……違うかもしれないけどさ、うちの子がいなくなったのは事実だ。ちゃんと探して下さいな、ねえ」

「それにな、公にはできねえが、その場にいた娘が誰かは分かってるんだ。いなく

なった、おまえの娘じゃねえよ」

「だったら余計に、探して下さいよ。何処で誰からどんな目に遭っているか、分からないじゃないですか！」

袖を引き千切らんばかりに、女将風が騒いでいるとき、佐々木が入ってきた。

「でっけえ声だな。表まで丸聞こえだぜ」

八丁堀同心の姿を見て、さすがに女将風は恐縮したのか、声を小さくして、

「佐々木の旦那……しつこいようですけど、あたしゃ心配なんですよ」

「あんた、そこの呉服問屋『越後屋』の奥方、お俊《とし》さんだったな」

「はい。屋号は立派ですが、呉服問屋といっても、大通りの『越後屋』さんと違って、小売りに毛が生えたような店ですけどね」

「心配なのはよく分かるが、ひょっこりと帰ってくるかもしれねえ。気を落とさないで待ってな……もっとも、仏になって帰って来ても仕方がないから、こっちはこっちで、きちんと調べてやるからよ」

「縁起でもないこと言わないで下さいな」

釈然としない様子で、お俊は両肩を落として自身番から出て行った。佐々木は呆

れ果てて溜息混じりに見送ると、

「あの女将、心配し過ぎて、少々、おかしくなってるんじゃねえか」

「少々どころじゃありやせんや」

「ま、実の娘が突然、いなくなりゃ心配するのは当たり前だな」

佐々木は上がり框に座ると、煙草盆を引き寄せて、

「その簪の持ち主だがな、嵐山……里奈の行方が分からなくなってるんだ」

「えっ。どういうことです」

佐々木は煙管を咥えて、深く煙を吸い込んでから、湯船に浸かっているときのように、唸り声を洩らしながら、

「それが、どうも妙なんだ……事件があってから後、近所の者の話では、たしかに内山の屋敷に、里奈はいた様子なんだが……ふいに姿を消した」

「姿を消した……」

「内山に直に尋ねたんだが、親戚の所へ預けた。花嫁修業でね……なんて言ってたが、そんな浮いた話はなかった。ただ……」

「ただ？」

「殺された篠塚数馬とは、もしかしたら一緒になるかも、なんて話があったらしい」

「え……てことは、やはり、この前の一件と関わりがあるってことですね」

「そう疑ってよかろう。だが、肝心の篠塚数馬が死んでしまい、岡島陽三郎と瀬川幸之介は、知らぬ存ぜぬだ。その場にいたという証拠の品を見せつけられても、何処かで失くしたとか盗まれたとか言うだけで、目付の相良様も、手を拱《こまね》いているとか」

「タチの悪い連中ですね」

「前からそうだがな……岡島と瀬川がてめえの身を庇うために、何かを隠しているってことは間違いなさそうだ」

「隠してる……」

嵐山はパンと手を叩いて、

「じゃ旦那は、里奈っていう内山様の娘が雲隠れしたことも、関わりがあると睨んでいるんですね」

「もし、その場に、里奈がいたとしてだ。事の一部始終を見ていたとしたら、岡島と瀬川に何か不都合があるから、娘を隠せと、内山が上から命じられたのかもしれない」

「命じられた……」

「何しろ長崎奉行と山田奉行だ。大身の旗本に目をつけられては、上役でないにしろ、御家人の内山もお勤めがしにくかろう」

「……てことは、その娘を探し出せば、少なくとも、その場のことはハッキリするってことですね」

「おまえも頭が冴えてるな」

「バカにしてるんですか、旦那。いつもは俺の方がいいですけどね……そんなことより、何処にその里奈がいるかですね」

佐々木はまた煙草をゆっくりと楽しんでから、

「まったく見当がつかぬが、まこと何処にいるか、だ……」

と忌々しげに目を細めた。

その夜――吾妻橋近くの船着き場で、内山がひとりで人待ち顔で佇んでいた。

折からの風で係留している屋形船がギシギシ揺れ、舳先《へさき》が船止めにぶつかってお
り、蒼い月を雲が覆い尽くして、今にも俄雨が落ちてきそうだった。

「娘は連れて来たか……」

ふいに背後から声がかかった。いつの間に来ていたのか、近くの物陰から、羽織
袴の武家がひとり出てきた。

「何奴だ」

「岡島陽三郎様の用人、田原《たはら》という者だ」

「放蕩息子たちは、どうした。拙者は、岡島陽三郎と瀬川幸之介に、ふたりだけで
参れと使いを出したはずだがな」

「おまえが娘を連れてくるのが条件だ」

相手は鋭い目で睨みつけ、刀の鯉口を切った。

「ほう。拙者を斬るつもりか……」

「なんだと？」

「拙者、普請奉行に奉公する前は、槍奉行支配にあり、梶派一刀流の免許皆伝だ。

なまくら剣法では怪我をするぞ」

「さあ、どうだかな」

「岡島陽三郎と瀬川幸之介を呼べッ」

「呼んでどうする。得意のその腕で斬るか」

「――やはりな……」

内山は苦々しく口元を歪めると、ペッと唾を吐き出し、

「娘の言ったとおり、ふたりとも反吐《へど》が出るくらい卑怯者だということだな」

「陽三郎様は、おまえの娘に色目を使われたと言っているぞ」

「なんだと？」

「里奈は、篠塚数馬様に入れ上げて、祝言を挙げて欲しいとせがんでいたそうだ。だが、数馬様からすれば、ただの遊び……だから、陽三郎様と瀬川幸之介様にお裾分けをしてやっただけだ」

「お裾分け……」

「さよう。おぬしの娘御はなかなかの好き者で、具合もなかなか良いらしい。だから、親友同士で分け合っただけだ」

「！――おのれッ」

カッとなった内山は鋭く抜刀して、目の前の田原に斬りかかったが、ほんのわずかに避けられた。だが、一寸、間違えば眉間を斬られていた相手は、驚きの悲鳴を上げながらも、

「先に手を出したのは、そっちだからな。おい！」

と声をかけると、八人ばかりの侍が路地から現れて、素早く抜刀して、内山を取り囲んだ。その人数に一瞬、驚いた内山だが、誰かが潜んでいた気配は察知していた。

「なるほどな……いずれも卑怯者揃いか」

「内山。悪いことは言わぬ。娘を差し出せば、御家だけは守ってやる。それに、言っておくが、篠塚数馬様を殺したのは、陽三郎様でも瀬川幸之介様でもない」

「ならば、公の場でそう言うがよい。残念ながら、娘はもうこの世にはおらぬ」

「なに……？」

「何処をどう探そうと、おまえたちには見つけることができぬ。つまりは、岡島陽三郎と瀬川幸之介の悪事をバラす者もいないということだ。しかし……！」

「……」

「拙者は、そのふたりが許せぬ。娘の操を汚した仇討ちと思って貰って結構。この手で成敗してやるから、さあ呼んで参れ」

「血迷ったか、内山!」

田原が今ひとたび、声を荒らげて斬りかかると、同時に他の者たちも躍りかかった。内山は身を低めながら、まず田原を斬った。その見事な太刀捌きに、他の者たちはわずかに怯んだが、逃げる者はいなかった。

「カッ——」

逆袈裟懸けに斬られた田原は、目の玉が飛び出すような悲鳴を上げて、仰向けに倒れた。毅然と振り返った内山に、背後から近づいていた侍が突きかかったが、それも捌いて横薙ぎに払った。

だが、脇腹に食い込んだ刀を、その侍は意地になったように脇で挟んだ。内山は引き抜こうとしたが、刀が取れない。

手を放して脇差しを抜き払って応戦しようとしたとき、背後と横手から、グサグサッ——と突き込まれた。さらに他の者も斬りかかってきた。まるで丸腰の者に、無慈悲に浴びせるような太刀捌きだった。

無言のまま前のめりに倒れた内山の背中に、ひとりが留めを刺した。

風が強くなって、横殴りの雨が落ちてきた。

誰かが通りかかったのか、闇の中で悲鳴が起こったが、侍たちは斬られた仲間を抱きかかえて屋形船に乗せると、隠れていた船頭が立ち上がって急いで漕ぎ出した。

パラパラと激しい雨音が、船の屋根の上で鳴り響いた。

五

翌朝は、雨上がりで木々の緑が鮮やかに燦めいていた。

「こんにちは……」

竹箒で溝に詰まっている葉を掻き集めて取っていた保科兼元に、女の声がかかった。振り返ると、見知らぬ中年女が立っていた。風呂敷包みを手にしていて、切羽詰まったような表情であった。

「ええと……どなたさんでしたかな……」

「何処のご隠居様か存じ上げませんが、朝早くから立派な行いでございますね」

中年女は、お俊であった。

「毎日、やっていることですよ」

保科が微笑みかけると、お俊は真剣なまなざしで、

「私は『越後屋』という呉服問屋の後妻でございます」

「はあ……」

いきなり名乗られても困るという顔で、保科は箒を動かしていた。

「実は娘が行方知れずになっておりまして……色々な所を探していたのですが、この辺りで見かけたというのを聞いて、とにかく駆けつけて来たんです」

「娘さんが……」

「ええ。もう十日も……お郁というんです。背は私よりも少し低いくらいで、ぽっちゃりとした丸顔で、唇のこの辺りに小さな艶ぼくろがあります」

「はて、そのような娘さんは見かけたことがありませんな」

「でも、この辺りで何者かに酷い目に遭った娘さんがいて、そのまま姿を消した……そんな話を聞いたもので」

「残念ながら……私は朝、この辺りを散歩代わりにうろうろしているだけですので

な。詳しいことなら、ほれ、そこの辻番や自身番、向こうの橋番や木戸番にでも尋ねてみれば如何かな」

「……そうですね」

「ええ、そうした方が、すぐに分かるでしょう」

集めた溝の葉を手で掬い上げようとして、保科が腰を屈めると、よろっとなって地面に座り込んでしまった。すぐさま手を差し伸べたお俊は、

「大丈夫ですか……何処か具合でも……」

「いえいえ。本当に、年は取りたくないもんですなあ。近頃は足がもたつきましてな」

「おうちの方は……」

「すぐ、そこですので、はい……」

指した先は立派な長屋門の武家屋敷だから、お俊は驚いて、

「あ、これは失礼致しました。脇差しも差していませんけれど、お武家様とは思っていましたが……申し訳ありません」

恐縮していると、ぶらりと佐々木と嵐山がやってきた。そして、お俊を見るなり、

「あんた、こんな所まで来て、迷惑をかけてるのかい」

「迷惑？　娘がいなくなったんですよ！」

俄に興奮気味になったお俊の肩を、嵐山が軽く叩いて制した。

「旦那たちが、ちゃんと探してくれないから、自分でやるしかないんですよッ」

ぶるぶると全身を震わせて、異様なほど目を吊り上げている。そんなお俊の姿を見て、保科は気を遣って、

「よろしかったら、うちで休んでいったら如何です」

「いいんですよ、こんな人に気を遣わなくたって。それより、保科様の体のお具合の方が心配です、ささ。番所医の八田錦という優れた女医者がおりますので、呼んで参りましょうかね」

と佐々木が手を貸そうとすると、年寄り扱いをするなとばかりに振り払って、保科はお俊に手を差し伸べた。

「このご婦人は、心を病んでいるようだ。娘さんがいなくなったことと関わりがあろうから、私でよければ何かお役に立ちたい」

「え……そんな、畏れ多い……」

お俊はためらいがちに身を引いたが、保科は優しく微笑みかけて、

「子を失った気持ち、よく分かります」

「え？　あなた様にも、そのような……？」

「――ええ、まあ……」

あまり多くは語りたがらない様子だったが、保科の武士と町人の身分の差を越えたような心遣いに、お俊は思わず頭を下げた。そして、誘われるままに屋敷の中に入った。

「保科様、拙者もお話が……」

佐々木が追いかけると、嵐山も後ろからついて行った。

広大な屋敷内の庭を見て、佐々木はハアッと深い溜息をついた。同じ武士でありながら、三十俵二人扶持の町方同心と、隠居をしても拝領屋敷で過ごすことのできる、勘定奉行まで務めた大身の旗本との違いである。

「いいですなあ……羨ましい……拙者なんぞ、一生あくせく働いても、その庭石で囲った一角ですら手に入らない。あの能楽堂なんざ、まるで上様のようだ……もっとも、町入り能ですら、拙者は観ることができませんからな。金持ちの町人しか

「……」

吐息混じりで言う佐々木の言葉には、保科は何も返さずに、暗い顔をしているお俊を茶室を兼ねている離れの濡れ縁に腰掛けさせた。そして、小者に声をかけて、水を持ってこさせて飲ませた。

「うちの屋敷の中には、玉川上水から引いたのが流れ込んでいるのだ。美味いぞ」

「あ、ありがとうございます……」

恐縮しすぎて震えるお俊の手に、そっと茶碗を握らせて、保科はしばらくじっと包むように持っていた。さりげない優しさを目の当たりにした佐々木は、自分が屋敷の凄さばかりに驚いているのを恥じ入るように、

「すみません……保科様……こいつまで来てしまいまして」

と嵐山のことを指さした。町人がおいそれと武家屋敷に入ることはできない。町奉行所も罔っ引が入るのは御法度である。

「ああ、よいよい。おまえたちには茶を出すから、しばらく待て」

「茶ですか。どうせなら、般若湯ってふわっと気持ちよくなる方がいいですねえ」

嵐山が飲む仕草をすると、佐々木はバシッと頭を叩いて、帰れと囁いた。

「なんですよ、旦那……いつもは町人たちに偉そうに振る舞ってるくせに。こんなに背中から仰向きに倒れるくれえ、ふんぞり返ってよ。なのに、身分の高い人にはヘエコラして、みっともないですぜ」

「お旗本だ。御家人の俺とは違うんだから、頭を下げるのは当たり前のことだ。おまえたちは町人だから分からないのだ、馬鹿」

「じゃ、言わせて貰いますがねえ。武士町人関わりなく、人ひとりが死んだんだ。なのに、相手がお旗本だってことで、引き下がるんですかい！」

腹立ち紛れに嵐山が噛みつくので、佐々木の顔が急に真っ赤になった。

「も、申し訳ありません、保科様……」

深く腰を折って謝ってから、「やっぱり、てめえは帰れ」と佐々木は嵐山を引っ張って屋敷から追い出そうとした。すると、保科は穏やかな顔のままで止めて、

「無理無体なことを言うでない、佐々木殿だったかな」

「あ、はい。名を覚えていただいて、恐縮です……」

「その嵐山の言うとおりだ」

「はあ？」

言い訳をしようと身を乗り出した佐々木に、保科は機先を制するように言った。

「篠塚数馬殿のことならば、私も耳にしておる。父親とは面識もあるしな……驚いておる。はっきり聞いたわけではないが、他にもふたり、その場に旗本の子息がいたとか」

「え、まあ……」

保科ほどの身分ならば、寄合旗本でもあるし、事件の背景を知っていてもおかしくはないと、佐々木は思った。

「うちの目の前で起こった事件でありながら、私は何も知らなかったが、もし手伝えることがあるなら、力は惜しまぬ」

「有り難いお言葉です。嵐山の申すとおり、命に貴賤はない。拙者もこの十手にかけて、下手人を探しとうございます。されど……」

佐々木が持つ十手が緊張で震えて、

「されど、これは旗本には向けられませぬ。もしかしたら、保科様はあの夜……」

と言いにくそうに続けた。

「篠塚数馬殿が殺された夜ですが、保科様は何かを見たのではございませぬか？」

「む？　どういうことだ」

「辻番の番人が、保科様が屋敷から出て夜中に何処かから帰って来たのを見かけたというのです。一体、何処に……」

「はて……私は日が暮れる前に夕餉を済ませ、夜の五つになる頃には、もう寝ておる。年寄りは早寝早起きが当たり前でな。夜明け前に目が覚めるわい」

「そうですか……では、夜中に潜り戸から出入りしそうな御家中の方はおられますか」

「知ってのとおり、武家屋敷周辺にある番屋が辻番で、辺りの武家屋敷から交代で番人を出しておる。保科家からも中間を出しておるし、場合によっては、家来も……なんなら、その夜のことを、家中の者に訊いてみるか」

「いえ、それには及びませぬ」

佐々木は丁寧に頭を下げて引き下がりつつも、

「ただ、篠塚数馬殿が斬られた所に……もう耳に入っているかもしれませぬが、同じく旗本で普請奉行配下の内山光治郎様という人の娘さんもいた節があるのです」

一瞬、何が言いたいのだという顔になった保科だが、

「内山……それは、よく知らぬが……」

と首を傾げた。

「その娘さんは行方知れずで……内山様は、昨晩、何者かに惨殺されました」

「なんと――！」

「実に奇妙なことだとは思いませぬか」

「……」

「拙者、長年、定町廻りをやっておりますが、これほど不可解な事件に遭ったことはありませぬ。ご隠居の身の保科様に言うことではないかもしれませぬが……勘定奉行までやられたお旗本ですから、何か知り得るかもしれませぬ。千鳥ヶ淵で見た亡骸は、篠塚数馬殿だったのですから、何とかお力添え下さいませぬか」

冷や汗をかきながら一気に言った佐々木を、保科はしばらく見据えていた。相手の心の奥を見極めようとするような、強い眼力であった。

「それは一向に構わぬが……近頃は、娘を狙った阿漕な連中が多いと聞いている。この奥方の娘さんも、そうでないといいが……」

保科の同情めいた言葉に、お俊は深々と頭を下げた。

六

「で……娘さんは、いつ頃から、いなくなったんだね」

優しいまなざしで保科が訊くと、お俊はやはり恐縮したように、

「もう十日余り前です」

と答えた。佐々木は何度も聞いていたので、身を乗り出して、

「実は、その娘さんの……お郁さんですがね。許嫁の紋吉《もんきち》と一緒に出かけたまま、いなくなっているんです」

と保科に向かって言った。

「紋吉というのは？」

「飾り職人でしてね、『越後屋』の旦那は、ふたりの仲を認めておりませんでした。後妻の連れ子とはいえ、お郁にはしかるべき婿を貰って、後を継がせるつもりでしたからね……いわば、駆け落ちです」

「ふむ。だから、行方知れずとはいっても、神隠しの類や誰かに拐かされたのでは

なくて、どこかできちんと生きていると？」

「だと思いますがね。なのに、このお俊は、何処かで殺されているかもしれない。そんな夢を見た。探してくれの一点張りで、こっちも少々、困っているんです」

「訳はなんであれ、親として心配なのは当たり前であろう」

保科がまた情け深い目になると、佐々木は俄に探るような目になって、

「あの……保科様……失礼とは存じますが……」

「なんだ」

「ご子息の蘭之介様は御家を継がず、従兄弟の方が保科家に入られましたね。そして、蘭之介様は、保科様が隠居なさる少し前に、ふいにいなくなられたとか……」

「当家のことを調べに参ったのか？」

俄に不機嫌になった保科の顔色に慌てたように、佐々木は首を振って、

「と、とんでもありません。ただ、どうなさったのかと思いまして、はい……近頃は、〝般若党〟なる馬鹿な奴らが……ええ、この前、殺された篠塚殿も仲間だったのですがね」

「〝般若党〟……？」

「はい。聞いたことはございませぬか」

「ないな」

「そうですか……別にどうってことじゃないんですが、お郁ももしかしたら、紋吉とともに、そいつらに狙われるのが嫌で、何処か遠くに行ったのではないかと思いましてね」

「どこか遠くに、な」

「ええ。不義密通ではありませんが、それと似たようなことでしょうから、別の人生を歩いた方が無難かと……」

「どうも言っていることが、私にはよく分からぬが、此度の事件と関わりがあるのか」

「拙者は……何処かで繋がっているような気がしてならないのです」

「何故だ」

「これまでも、拙者が追っていた者が何者かによって、行方を消されたことがあります」

「では、下手人を逃がしたとでも？」

「かもしれません……それは逃亡を助けるわけですから、咎人と同じです。もっとも、逃げていた者は狙われていたのかもしれませんがね」

「ふむ……」

保科は興味深げな表情にはなったが、それ以上、訊こうとはしなかった。だが、佐々木はちょっとした異変を感じたのか、同心として火が付いたのか、探るような目になって、

「失礼ですが、殺された篠塚数馬殿が他のふたりとつるんで内山様の娘と一緒にいたところとか、見てませんかね」

「残念だが……」

見ていないと保科は首を振った。

「しかし、拙者が調べたところでは、篠塚数馬殿と岡島陽三郎殿、瀬川幸之介殿の三人は、御旗本の間でもかなりの悪童だという噂で……他にも子分みたいな連中を連れ歩くこともあるようですが、この三人はあまりにも阿漕なので、仲間から逃げ出す者もいるとか」

「……おぬしは同心のくせに、奥歯にものが挟まったような言い草ばかりだな」

「あ、いや……」

「たしかに私の倅もかつては、〝般若党〟に入って、乱暴狼藉をしていたことがある。己が気分のままに、何の落ち度もない者をいたぶるような真似をしておった」

自ら話し出した保科の痛ましい表情を、佐々木はじっと見据えていた。悠々自適に暮らしている隠居老人というよりは、無頼な息子を持つ親の苦悩の顔だった。

「だが、私は、息子に言い聞かせて、バカな仲間から無理に離して、まっとうな道を歩ませた。元々、大人しくて、自分の意見も控えめにしか言わぬ奴でな……悪い奴らに強引に引きずり込まれていただけなのだ」

「そうでしたか……」

佐々木には言い訳にしか聞こえなかった。

「ですが、〝般若党〟が未だにあって、何ひとつ直っていない。つまり拙者が言いたいのは……保科様のようにですね、他の御旗本の方々も一致団結して、子供たちにきちんと説教して、悪いことを止めさせるべきではありませぬか」

「……」

「子が親の言うことを聞かぬのに、武士も町人もないでしょうが、お侍には守らねばならぬ矜持というものがあるはず。父としてというより、武門の頭領として、子を躾けねばならないでしょうし、もし酷いことをすれば、然るべき手を打って、処分しなければなりますまい」

クソ真面目に言う佐々木を、傍らで嵐山がハラハラしながら見ていた。保科がいつ激怒するのか、不安になっていたのだ。しかし、嵐山の予想に反して、

「さよう……佐々木殿の言うとおりだ」

と言った。

「むろん、〝般若党〟を頭ごなしに始末することはできようが、最悪の事態は、御家お取り潰しだ。父親の立場にある者は、それを一番、恐れておる。息子たちもそれを承知していて、わざと親に反抗している節もあるのだ」

「御家が潰れれば、自分の我が儘も通らなくなるのを分かっていてですか」

「やけっぱちな人間ほど、恐いもの知らずはない……ま、うちの息子もそうだったのかもしれないが……」

しょんぼりと保科が言ったとき、離れの方で、

――コトン。

と鹿威《ししおど》しでも落ちたような音がした。あまりにも静かだったので、まるで鼓のように鮮やかに響いた。

佐々木と嵐山、そして、お俊も振り返ると、障子窓の奥で、ゆらりと人影が動いたように見えた。誰かが立ち上がって、さらに奥に行くようにも見えた。

「今のは……？」

「……」

「誰かが、こちらを覗いていたような……」

「隠居したとはいえ、何人もの奉公人が屋敷内にはおるゆえな、掃除か片付けでもしていたのであろう」

そのとき、小鼓の音が聞こえてきた。小気味よく打たれている。

やはり、離れからである。不思議そうに見やりながら、佐々木が訊いた。

「綺麗な音ですが……あれは？」

「息子です」

「……」

「私も無類の能好きでしてな。息子の蘭之介もまた……元々、侍には向いていなかったのかもしれぬ。それこそ、観世家にでも生まれておれば、それなりに生き甲斐を見つけられたかもしれぬがな」

「生き甲斐……ですか」

小鼓の音は次第に激しくなり、乱れ打ちになってきた。まるで心の苛立ちを紛らすような強い打ち方に、聞いている方の気持ちも掻き乱されるような感じだった。

「少々、人間嫌いになったようでしてな……行方知れずにしておれば、誰とも会わずに済む……そう思いましてな」

「そうでしたか……」

と言いながらも、佐々木の離れを見ていた目がキラリと光った。

七

八丁堀組屋敷の辻井家の離れでは、今日も錦が近在の者たちの治療をしていた。

奉行所内と同じで、釘で爪が剝がれそうになったとか、柱で膝を打ったとか、飲み過ぎて頭が痛いとか……色々と理由を付けて、男衆たちが錦と接したいがために来るのだ。

中には、湯屋帰りに立ち寄って、軟膏を塗って欲しいとか、肩をほぐして貰いたいなどと、骨接ぎ医と勘違いしている連中もいる。それでも、錦はできるだけのことはしてやっている。

最後の患者が帰った後、錦が軽い溜息をついたとき、「ごめんなすって」という声があって、中庭に中間姿の男が立った。

「あっしは、青野《あおの》様の使いで参った梅助《うめすけ》という者でござんす。八田様にこれを……」

と文を差し出した。

青野とはすでに隠居している元老中の青野日向守忠孝《ただたか》のことである。

「今宵、お待ちしておりますので、ぜひおいで下さいまし」

「これはお懐かしい……青野様が私に、ひとりで参れとおっしゃるのですか」

文には待ち合わせ場所や刻限が記されているようであった。

「はい、できれば。ひとりが嫌であれば、何方か与力か同心、もしくは遠山様がご一緒でも構いません。大切なお話があるとかで、宜しくお願い致します」

と丁寧に言った。

遠山左衛門尉を町奉行に推挙した老中のひとりだが、錦が世話になっている辻井登志郎も懇意にしていた。何度か会ったことがあるが、急に呼び出しを食らうとは、やはり此度のことで何か分かったのかと錦は察した。

「はい、分かりました。必ずお訪ねすると、お伝え下さい」

錦が返答をすると、梅助と名乗った中間風はすぐさま立ち去った。その軽やかな身のこなしを見て、錦は心の中で思った。

――今のはきっと忍びか何かかも……。

隠居した元老中とはいえ、幕政にも何かと関わっているようだし、遠山の探索にも自分の家臣を手伝わせたりしているという。錦は詳しくは知らないが、吟味方与力をしていた辻井もまた、青野と数々の事件を解決した仲である。

錦は受け取ったばかりの文を、蠟燭にあてがった。それは炙り出しになっていて、場所を記した絵図面が浮かび上がった。きちんと見て覚えると、そのまま火鉢の中に放り込んだ。

青野が指定した場所は、向島の隅田村にある木母寺《もくぼじ》の近くにある屋敷だった。青野は江戸の外れに、幾つか秘密の場所を持っており、密偵を囲っているのだ。この辺りは、梅若伝説のある地である。

謡曲『隅田川』の題材にもなった伝説だ。人攫いに連れ去られた息子を、都からこの東国まで探しに来るも、子供は旅の途中で死んでいた。母親は息子に一目会いたい、声を聞きたいと思うが、亡霊は見るものの切実な願いは叶わない。そんな物語だ。

「人攫いか……まさに……」

月明かりに浮かんでいるのは、なかなか立派な庄屋屋敷のようで、隅田川に面して船着き場もあるようだが、大名の隠居が住むような所ではなかった。

もっとも、青野日向守はまだ四十半ばで、隠居する年ではない。自ら辞めたのだ。見かけはただの浪人である。

川風に風鈴が鳴ったようだが、どうやら錦が冠木門を潜ったことを、寝ずの番が母屋に報せたのであろう。庭の中には、甲州犬のような大きな犬が何頭かいる気配もあった。

――ウウッ……。

と獰猛《どうもう》な唸り声が聞こえているが、主人の差配がなければ動かないのか、それとも賊が何かしない限り襲わないのか。いずれにせよ、厳しく躾けられているようだった。

「お待ちしておりました」

と顔を出したのは、昼間、繋ぎ役で来た梅助だった。

「どうぞ、お入り下さい。他には……」

「私ひとりです。青野様にお会いするのは久しぶりですが、楽しみにしております」

梅助は余計なことは言わずに、桐戸を開けて屋敷の中に招いた。唸り声を発していた番犬が、意外に近くの闇の中に潜んでいたことが分かった。鼻息が届いてきそうだ。

「なんですか……客を歓迎する様子とは程遠い気がしますが……」

錦が不満げに呟くと、梅助は深く腰を曲げて、

「ご主人様は案外、臆病でして……」

「まさか……本当に私が来たかどうか、匂いで確かめているのでは？　あなたはう

ちに来たときに、さりげなく私の手拭いを持ち去りましたものねえ」

「これは、畏れ入りましてございます」

特に否定することもなく、梅助は錦を母屋へ通した。

立派な藁葺き屋根で、柱や梁も太くて丈夫そうであった。江戸周辺には豪農が沢山いて、江戸の御用商人などよりも財力が強かった。その者たちは、幕府の意向によって、その村々の治水や街道などの整備、天災飢饉の折には救貧活動をするのであった。

「なるほど……豪農のふりをしているのですね、青野様は」

錦が屋敷を見廻していると、梅助に催促されて、母屋に入った。

広い土間には、竈《かまど》や水瓶、流しなどがあって、薪や炭なども備えられている。下女であろうか、まだ十五、六の娘と中年女が、何やら料理をしているようだった。

江戸府内であれば、火を落とさねばならぬ刻限はとうに過ぎているが、来客のために酒の肴でも作っていたのであろう。甘辛い、美味そうな煮物の匂いが漂っていた。

梅助に招かれるままに奥の一室に入ると、そこには青野が座っていた。八畳くらいの座敷で、床の間には立派な書の掛け軸があり、竜胆《りんどう》の一輪挿しがあった。

――あなたの悲しみに寄り添う。

という花言葉があるが、むろん青野が意識しているかどうかは分からない。

そして、付鴨居には、般若の面が飾ってあった。

青野は自ら、「お好きな所へ座ってくれ」と気さくな態度で手を差し伸べると、
錦は、向き合う形で座った。

「遠路、よく来てくれた。ここならば、安心して大声で話ができる。なに、この屋敷の周辺の村人たちは、すべて私と気心の知れている奴ばかりだ」

「それは、あなたの手下ばかり……ということですか？」

「まあ、そういうことだ」

と青野は答えてから、まずは酒を酌み交わそうと銚子を傾けようとしたが、錦は帰りが大変だからと断った。

「夜道を帰すわけには参らぬ。遠慮なく泊まっていくがよい」

「――それよりも、本題から入って下さい。私を酔わせるために呼んだのではないですよね。何があったのでしょうか」

錦が無下に断ると、青野もあっさりと銚子を引っ込めて、改めて錦を見つめた。

「さすがは、遠山が見込んだだけの女医者だ……ただの番所医としておくには惜しい。実はな……今日は頼みがあって呼び出した」

「なんでございましょう」

「儂らこそ本当の〝般若党〟……その仲間になってくれぬか、正式にな」

「正式に……どういうことなのか、意味が分かりませぬが」

青野の狙いは察している。実は、今も青野は江戸に巣くっている悪党たちを退治するという使命を担っている。誰から頼まれたのでもない。ゆえに、大名や公儀の役人であろうと、豪商であろうと、不正に手を染めている輩は「始末する」というものだ。

始末といっても、殺すだけではない。金を盗んだ奴は一文無しにし、人を殺めた者は一生、同じような苦しみを味わわせる。そうやって、己がやらかしたことを、キチンと後悔させるのだ。

「話さねば分からないかな。遠山も辻井も承知しているはずだ」

「……」

「此度も、おまえさんは、困っている女を表沙汰にせずに救ったではないか」

「いいえ。身の安全を遠山様にお願いしただけです」

「さよう。それを儂が受けて、この屋敷などに匿っているのだ」

「――そうでしたか……感謝致します」

錦はあえて頭を下げたが、

「ですが、里奈という娘のことならば……父親の内山様は殺されました……里奈さんを手籠めにした者たちの仕業かと思われます」

「さよう……岡島陽三郎と瀬川幸之介の手の者だ。いや、その馬鹿息子たちの父親どもが遣わした者だ」

「そこまで分かっているのならば、なぜ遠山様は問い質さないのです。町方が無理ならば、目付が乗り出せるはずですが」

「うむ。ひとりはその場で始末した。篠塚数馬に制裁を加えたのは、保科蘭之介……儂と同じ隠居の保科兼元の倅だ」

「ええ……!?」

「保科も儂と同じく、法で裁けぬ輩を始末しておるのだ」

「……」

「だから、おまえにも手伝って貰いたいのだ。いや、殺すとかそういうのではない。探索をして追い詰めても、逃げ切ろうとする奴を引き戻す役目をだ」

青野は期待をしているようだが、錦は首を横に振り、

「――恐れながら、私はただの医者です。他人様の人生をどうこうすることなど、到底、できません。ましてや、法に拠らずに制裁をかけるなんて、とんでもない。申し訳ありませんが、お断り致します」

「……」

「自分の姿を世間から消して、この世に巣くう悪を対峙する、なんていう〝綺麗事〟は、私には到底、無理です」

「まあ、端から、そう対立するようなことを言うなよ」

呆れたように青野は溜息をついて、手を叩いた。

襖が開いて、隣室から出てきたのは――次郎吉《じろきち》であった。青野の手先として働いている、元は盗人の鼠小僧次郎吉である。義賊として知られていたが、北町奉行の遠山左衛門尉がわざと別の咎人を鼠小僧に仕立てた男である。

つまりは、幕府の元老中と、元勘定奉行と現役の北町奉行が手を組んで、不都合

な連中を〝闇裁き〟しようという企みがあり、その手足として錦を使いたいのだ。

「錦先生……あなたが番所医でありながら、何人もの悪党を懲らしめてきたこと、遠山様からよく聞いておりますよ」

と次郎吉は迫るように言うと、青野が続けた。

「此度の岡島豊後守と瀬川日向守……馬鹿息子のために人殺しまでしているのに、奉行様々でのさばっている。このまま放っておけば、その馬鹿息子たちがいずれ長崎奉行や山田奉行……いや町奉行にだってなるかもしれぬ。そうなったら、世間は闇だ」

「お断りします」

錦はもう一度、キッパリと断り、

「今宵の話は聞かなかったことにします。青野様……あなたの世直し話は嫌いではありません。ですが、私には無理です。なぜならば……殺したのが悪党でも、殺しには違いがないからです」

「……」

「私は私なりに、法に触れない方法でやりますので、あしからず」

立ち上がって去ろうとする錦に、次郎吉が「考え直してくれ」と声をかけた。だが、錦は頑として、

「次郎吉さんとやら……あなただって、一度は捨てた命なら、二度と浮かぶ瀬はないはず。それなりの使い方をした方が利口だと思いますが……私には、青野様や遠山様の飼い犬にしか見えません。いえ、飼い鼠でしょうか」

と珍しく錦が険しい顔になった。そのまま立ち去ろうとすると、中庭には殺気を帯びた空気が広がった。青野の手下たちが控えているのだろうが、錦に怯む様子はない。

「さすがは〝はちきん先生〟……なんとも頑固なものよのう……儂の負けだ」

青野は吐息混じりで言った。

「だが、気をつけておけよ。岡島豊後守と瀬川日向守はもしかしたら、おまえが里奈を隠したことに腹を立て、何かしでかしてくるやもしれぬ。用心には用心をな」

不気味なまで細めた青野の目を、錦は冷静に睨み返していた。

数日後の夜のこと——上野は不忍池の畔を、ふたりの若侍がうろついていた。ま

だ青い葦が生い茂っており、月明かりに水面はきらきらしている。

界隈には出合茶屋が並んでいるから、密かに恋路を楽しんでいる男女もいるに違いない。その秘事を覗こうとでもしているのであろうか、抜き足差し足で歩いている。月光に浮かんだ若侍ふたりは、岡島陽三郎と瀬川幸之介であった。いずれも細身だが悪戯好きそうな顔つきである。

「この先が絶景なんだ……離れに湯船があってよ……助平な爺さんがよ、若い娘を……金にものを言わせて、むひひ……」

と言って一歩、進んだとき、ふたりともアッと息を呑み込んだ。

出合茶屋の塀の外に流れている湯をためた樋に、白い足を浸している女がいる。膝まで裾をたくし上げて、少し足先を泳ぐようにバタつかせているのが妙に艶やかだ。

「へへ……なんだよ、あの女……確かに近頃は、足湯が流行ってる……はは、俺たちもあやかろうじゃないか」

岡島と瀬川は助平面丸出しで、座って足を投げ出している女の側に近づいて、

「ちょいと邪魔するぜ」

とふたりで女を挟んだ。同時に顔を覗き込むと、

「ふぁあ、別嬪じゃねえか。おまえ、こんなところで何をしてるんだ」

ふたりして奇声を上げながら、尻や胸を触り始めた。

「――や、やめて下さい。私はただ……」

「ただなんだよ。こんな所で思わせぶりなことしてよ……はは、今宵はいい目を味わえそうだな、ふはは」

喜びながら、岡島と瀬川は女を引きずるように足湯から離そうとしたとき、

「あ、いたッ!」

と踏みとどまった。実に痛々しい顔でしゃがみこんで、足先を見た。

履き物を突き抜けるような切り株があって、足の裏まで到達していた。

「いてて、ててて……なんだ、こんな所に……!」

瀬川が見やると、ただの切り株ではなく、そこら一帯に竹を斜めに切ったものが、剣山のように敷かれてあった。

「くそう……誰が、こんな……」

情けない声をあげながら立ち上がった岡島と瀬川の前に、編笠の侍がふいに現れ

て、

「覗きをする輩を近づかせないためだ」

「あっ……！」

岡島と瀬川はいつぞやの浪人だと気づいたのか、編笠の中を覗き込むように見上げると、髭面ではあるが、はっきり顔は見えなかった。

「お、おまえは……！」

後退りしようとした岡島と瀬川だったが、足の痛みに体が崩れた次の瞬間、目にも止まらぬ速さで、深編笠が額を叩き斬った——かに見えたが、なぜか、カキンと刀は弾きかえされた。

「う……ッ」

深編笠は一歩下がったが、岡島と瀬川は背中から、剣山のような所に倒れた。

悲鳴を上げるふたりは、必死に這い上がろうとするが、手足にも剣山が刺さって、なかなか起き上がれない。さらに前向きに倒れたり、尻餅をついたりしながらも這いずるが、逃げ出すことができなかった。

「ひゃあ。ま、待ってくれ……待って……」

お互いが足を引っ張り合いながら、岡島と瀬川は地べたを這っていたが、そのふたりに向かって、深編笠はさらに斬ろうとした。その腕が摑まれ、捻り上げられるや、ドンと突き飛ばされた。

弾みで深編笠が取れて、月光に顔が照らされた。

その前に立ちはだかったのは、今しがた岡島と瀬川に悪戯をされそうになった女だった。それは、なんと――錦だった。

「殺したところで、何にもなりません」

「！……」

「ここは私に任せてお帰りなさい」

「なんだと……」

「それとも、私を殺しますか。もしくは、あなたの父上である保科様や、青野様も引きずり出しますか……！」

錦が鋭い目で睨み上げると、男は威嚇するようにブンと一振りしただけで、木陰に身を引いて立ち去った。

岡島と瀬川は逃げることもできず、その場で失禁しながら座っていた。

「あなたたちは、岡島陽三郎様と瀬川幸之介様ですね」

「えっ……」

「間もなく、役人が来ます。明日、評定所にて、これまでの悪行が裁かれるでしょう……父上を殺された里奈さんは、あなたたちにされたことを証言しますよ」

「な、なにを……」

「今の深編笠の男は、里奈さんを助けるために篠塚数馬に一太刀浴びせましたが、実は……留めを刺したのは、あなたたちであることも明らかになります」

「お、おまえはなんだ……」

「番所医です。篠塚数馬の亡骸を改めて検屍したら分かったことです。子分のようにしていた篠塚数馬から悪行がバレるのが怖かったのですね。違いますかッ」

錦が迫ると、岡島と瀬川は「ひいっ」と情けない声を上げて後退りをして、また剣山のようなもので体を傷つけてしまった。

「正直に話さないと、本物の〝般若党〟に始末されるかもしれませんよ」

錦は深い溜息をつくと、白い足を隠すように着物の裾を戻した。

遠くから、佐々木と嵐山の「おお、あっちだ、あっちだ！」「賊がいたぞ」などという声が聞こえてきた。御用提灯の群れも見える。

雲間から月がまた顔を出したが、深閑とした宵闇の向こうには、不忍池が怪しげに煌めいていた。事件は決して闇から闇に葬ってはならない。必ず法で裁かれなければ、本当の救いにはならないと、錦は思っている。

誰かが石でも投げたのか、ポチャンと音がして、水面の月明かりが揺らめいた。

この作品は書き下ろしです。

幻冬舎時代小説文庫

●好評既刊
番所医はちきん先生　休診録
井川香四郎
定町廻り同心・佐々木康之助は、番所医・八田錦の助言をもとに、死んだ町方与力の真の死因を探り始める。その執念の捜査はやがて江戸を揺るがす姦計を暴き出した。痛快無比、新シリーズ第一弾！

●好評既刊
番所医はちきん先生　休診録二
眠らぬ猫
井川香四郎
番所医の八田錦が、遺体で発見された大工の死因を〝殺し〟と見立てた折も折、公事師（弁護士）を名乗る男が、死んだ大工の件でと大店を訪れた。男の狙いとは？　人気シリーズ白熱の第二弾！

●好評既刊
番所医はちきん先生　休診録三
散華の女
井川香四郎
検屍で死因が分からなかった番所医の八田錦は、定町廻り筆頭同心の許しを得て腑分け（解剖）に臨む。彼女が突き止めた思わぬ事実とは……？　表題作ほか全四話収録の第三弾！

●好評既刊
番所医はちきん先生　休診録四
花の筏
井川香四郎
体には殴打や火傷による傷痕。一方で親の愛情の証しか、着物にお守り袋が縫い付けられた幼女の溺死体が見つかった。その死因に隠された幸薄い母娘の儚い希望とは？　表題作ほか全四話収録。

●好評既刊
番所医はちきん先生　休診録五
悪い奴ら
井川香四郎
柳橋の船宿で起きた殺人事件の探索に協力する番所医の八田錦は、被害者に関するある重大な事実に気づく。そんな錦の前に現れた吟味方与力が告げた思わぬこととは？　表題作ほか全四話収録。

番所医《ばんしょい》はちきん先生《せんせい》 休診録《きゅうしんろく》七

無粋者《ぶすいもの》の生涯《しょうがい》

井川香四郎《いかわこうしろう》

令和6年6月10日　初版発行
発行人――石原正康
編集人――高部真人
発行所――株式会社幻冬舎
〒151-0051東京都渋谷区千駄ヶ谷4-9-7
電話　03(5411)6222(営業)
　　　03(5411)6211(編集)
公式HP　https://www.gentosha.co.jp/
印刷・製本―中央精版印刷株式会社
装丁者――高橋雅之

幻冬舎時代小説文庫

ISBN978-4-344-43386-1　C0193　い-25-16